조흔파얄개걸작시리즈 1
얄개전
조흔파 지음

동서문화사

일러스트 : 신동우

저 찬란한 무지개를 바라보세요

젊은 얄개 여러분! 저 푸르른 하늘에 찬란하게 뜬 무지개를 바라보세요. 가슴 뛰는 젊음의 희망입니다. 용기를 갖고 삶을 달려가세요.

외아들 꾸러기로 자란 나는 어릴 때 어머님이 〈얄개〉라고 불렀습니다. 그러고 보면, 이 작품은 나의 어린 시절을 그린 자서전의 한 부분일지도 모릅니다.

나 때문에 그렇게도 애를 태우시고 속을 썩이시던 어머님도 이제는 세상을 떠나신 지 오래됩니다. 비 내리는 무주 공산, 바람 부는 수풀 속에 영원히 잠드신 그리운 어머님을 위로하는 뜻과 어머님 영전에 뉘우치는 마음으로 이 글을 썼다고 해도 지나친 말이 아니리라 생각하고 싶습니다.

〈얄개전〉은 나의 참회록 구실을 하리라 믿습니다. 그래서 나는 이 작은 책자를 어머님 영전에 바치거니와 이 책이 나오기까지 애써 주신 여러분, 그리고 장정과 삽화로 도와 주신 분들께 진심으로 감사의 말씀을 드립니다.

조흔파 씀

얄개전
차례

저 찬란한 무지개를 바라보세요

얄개전
    젊음의 심벌…97
    장난 이력서…24
    또 하나의 별명…44
    아버지 얄개…60
    신진 인격자…76
    분발…97
    결심이 며칠 가나…121

행사의 달…146
선생 알개…169
겨울 방학…193
배짱 시험…216
작은 영웅 나 두수 군 대활약…239

할머니
    할머니…247

하마터면
    하마터면…265

금동아 금동아
    금동아 금동아…283

얄개전

젊음의 심벌

나 두수란 것은 얄개의 본명이다. KK 중학교의 천여 명 학생 중에서 두수를 모르는 학생은 거의 없을 지경이니, 그는 전교 내에 명성(?)을 떨치고 있는 셈이다. 그러기에 KK 중학교의 교표를 달고 다니는 가짜 학생을 잡아낼 양이면, 그들이 가지고 있는 신분 증명서를 조사하기보다는 얄개를 아느냐고 물어 보아서, 잘 알고 있으면 진짜 학생으로 믿어도 틀림이 없으리라고까지 알고 있는 터이다.

학생으로는 아직 일 학년인 두수가 어찌하여 일약 교내의 명사(名士)가 되었는가에 관해서는 차츰 밝혀질 일이거니와, 적어도 우등생이라든가 혹은 운동 선수라든가 또는 음악, 미술, 문학 등에 뛰어난 재주가 있기 때문은 아니다. 하라는 일을 제대로 해본 일이 없고, 하지 말라는 일을 안 해 본 적도 없는, 이를테면 길로 가라니 메로 가는 그의 성격이 때때로 엉뚱한 장난을 하게 하여, 그로 말미암아 맹랑한 사건을 가끔 일으키기 때문이다. 그 밖에도 새로 부임해 오신 선생님의 별명짓기, 복도에 양초 칠을 해서 선생님 넘어뜨리기, 교실 문 안쪽 핸들에 먹물 칠을 해서 선생님 손을 까마귀 발처럼 만들기……. 하여간 장난학에는 박사 학위를 받아도 좋을 만큼 조예가 깊은 권위자였기에, 다른 반에서 무슨 장난이라도 할 계획이 있는 때이면, 으레 두수 선생을 모셔 가는 것이 예로 되어 있을 정도이다.

 두수가 제일 싫어하는 선생님은 수학을 담당하신 배 선생이다. 초칠하기나 먹칠하기가 모두 배 선생을 곯리려고 하는

일인데, 애매한 선생님들이 걸려들어 곧잘 희생이 되신다. 두수가 배 선생을 싫어하는 만큼 배 선생도 두수를 좋아하지 않았다.

"이 교실에 나씨가 없으면 배씨가 좋겠고, 배씨가 없으면 나씨가 좋겠다."

이러한 말씀을 하시는 것으로 미루어 보아도 뻔한 일이 아닌가.

"위대한 과학자가 되려면, 수학을 잘해야 한다. 수리의 두뇌가 없는 사람은 머리가 좋지 않은 증거다."

언제인가 배 선생이 이렇게 말씀하셨을 때, 두수는 손을 번쩍 쳐들고,

"질문이 있습니다."

하고 고함을 쳤다. 배 선생은 눈이 둥그렇게 되었다. 두수가 수학 시간에 질문을 한다는 것은 일찍이 한 번도 있어 보지 못한 역사적 신기록인 때문이다.

"호오, 두수가 질문이 있다구……?"

"네…… 선생님은 수학을 잘하시는 좋은 두뇌를 가지고 계시면서, 위대한 과학자는 언제 되시려고, 십 년을 하루 같이 진저리가 쳐지도록 남이 싫다는 수학만 가르치고 계십니까?"

마치 수학 교원은 천한 직업이라는 듯이 이렇게 말했을 때, 배 선생은 얼굴이 새빨개진 채 할딱할딱 쌔근쌔근(진정 할딱할딱 쌔근쌔근이다)하며, 시간이 끝나도록 잠자코 섰다가 나가는 것이었다.

한번은 수학 시간이 시작되려는 때, 두수는 교탁 위에 후춧가루를 뿌려 놓고 분필 서랍 속에는 개구리 한 마리를 넣어 두었다.

배 선생은 수업이 시작되기 전이면, 으레 교탁 위에 뽀얗게 쌓인 분필 가루를 훅훅 불고 나서 서랍을 열고 분필을

꺼내는 버릇이 있으므로 두수는 그것을 노린 것이다.
 아니나 다를까, 그 시간에도 교탁 위를 불던 배 선생은 무엇이 폭발하는 소리와 함께 기관총처럼 재채기를 쏟아 놓는다. 후춧가루가 콧구멍으로 들어간 모양이었다. 눈물까지 흘리면서 재채기를 연발하다가 겨우 진정한 배 선생이 서랍을 열자, 이번에는 수류탄 같은 개구리 한 놈이 기를 쓰고 뛰어올랐으니 놀라도 이만 저만, 기절을 안 한 것이 다행한 일이다.
 그러나 후춧가루를 뿌려 놓은 것은 증거가 없고, 또 개구리를 서랍에 넣으면 처벌한다는 교칙이 없을 뿐 아니라, 개구리는 혼자서도 동작할 수 있기 때문에 저 혼자 들어갔다고 볼 수도 있는 일이니, 책임이 두수에 돌아올 리는 없다. 두수는 그것을 다 알고 한 짓이다.
 게다가 KK 중학교는, 미국 선교회에서 설립한 미션 스쿨이고 교장은 닥터 허드슨이라는 미국인인데, 그는 선생이 학생들에게 손질을 못 하도록 하기 때문에 어떠한 일을 해도 따귀를 얻어맞는다든가 하는 따위의 위험이 결코 없으니, 장난치기에는 아주 안성맞춤이다.
 "학생을 때리는 일, 민주주의 아닐 뿐더러 하느님 도리에 맞지 않습니다. 뺨을 때리는 선생님은 악마요."
 허드슨 박사는 노상 이렇게 말하는 탓에 그에게 악마(惡魔)로 보이지 않으려거든 뺨을 칠 수는 없는 노릇이었다.

"남이 왼쪽 뺨 때릴 적에 바른편 뺨을 내미는 것이 크리스트가 가르치신 교훈입니다. 맞는 것 천사입니다."

이런 말도 늘 한다. 뺨을 자꾸 맞는 것은 천사이고 뺨을 때리는 것은 악마라는 것이다. 그러면 천사가 되려고 뺨을 자꾸 맞고 싶어도 이 학교에서는 때려 줄 악마가 없으니, 불가불 천사가 되기는 단념하는 도리밖에 없다(그러나 두수는 배 선생한테 꼭 한 번 맞은 일이 있다).

배 선생도 그것을 잘 안다. 만일 두수의 뺨이라도 한 대 때리면 두수는 천사가 되고 자기는 악마가 되는 셈이다.

그러나 닥터 허드슨도 두수에게만은 골머리를 내흔드는 것이었다.

두수가 입학을 하고 첫째 번 영어 회화 시간이었다. 회화는 미국 여자 선생의 담당이다. 선생은 이런 말을 하였다.

"여러분 중에서 잘 아는 영어 한 마디 해 볼 학생 있으면 손드시오."

두수가 대뜸 손을 쳐들고 일어서서,

"아이 러브 유우."

하였더니, 여선생은 새파란 눈을 대여섯 번 깜박거리더니,

"발음 매우 좋으나 내용 매우 아니 좋소."

하고 수업을 계속하다가, 수업 참관을 하러 들어온 교장을 향하여,

"저 학생의 장래 매우 무섭소."

하며 두수를 가리키는 것이었다. 그러고는 무어라고 영어로 지껄이는 데 알아들을 수는 없으나, 결코 칭찬이 아닌 것쯤은 짐작할 수가 있었다. 이리하여 두수는 입학한 지 며칠이 안 된 때에 명예롭게도 교장이 기억할 수 있는 존재가 되었던 것이다.

이 학교에는 생활 지도계라는 것이 없고, 대신 감화계라는 것이 있다.

두수는 감화계의 단골손님이다. 한번은 수학 시간 직전에 흑판에 이런 글을 썼던 일이 있다.

무릇 수학 선생을 면회하고자 희망하는 분은, 그 학교 직원실에 들어가 양복에 다림질을 하지 않고 옷깃에 때가 찌든 사람을 찾기에 노력하면 그만이다. 그는 반드시 수학 선생인 예를 벗어나지 않는다.

이것은 아르키메데스의 원리에 못지않는 진리다.

이 글을 본 배 선생은 누가 썼느냐고 떨리는 음성으로 문초를 시작하였다.

"제가 썼습니다."

하고 두수가 일어나자, 수업도 집어치우고 두수를 데리고 직원실로 내려갔다.

"너는 나를 모욕할 마음이냐?"

배 선생의 주먹이 안마하듯이 흔들리는 것을 보며,

"저는 누구 한 분을 지목해서 한 말이 아닙니다. 일반론이올시다."

하고 태연히 대답하였다.

"악질적인 장난이다. 악질, 악질……."

"그렇지 않습니다. 열성적인 학설입니다."

"무엇이?"

하며, 벌떡 일어난 배 선생의 손이 키질하듯 높이 올라갔

다 내려오면서 두수의 왼뺨을 갈기었다. 바로 이 때,
"앗! 배 선생 악마가 되었소."
하며 허드슨 박사가 나타났다. 두수는 느닷없이,
"선생님, 오른편 뺨도 때려 주십시오."
하고 뺨을 돌려 대었다. 이제는 구세주가 나타난 때문이다.
"오, 학생은 천사요. 예수의 교훈 몸소 실천했소. 크리스트의 제자 될 자격 충분하오."

 칠판에다 선생을 실컷 놀려 먹고 크리스트의 제자가 되는 것이라면, 다음에도 또 한 번 해볼 마음이 생겼다.
 이리하여 허드슨 박사의 신임(信任)을 받게 되었던 두수가 어찌하여 교장이 골머리를 흔들게 하였던가?
 그 내력을 간단히 소개하면 다음과 같다.
 KK 중학교는 아침마다 강당에 모여서 예배를 보는 것이 관례이다.
 남들이 찬송을 부를 때, 두수는 아리랑 타령을 불렀다.

 ……예수 예수 귀한 예수 믿음 더욱 줍소서…….

하고 찬송이 뚝 그쳤을 때, 두수의 아리랑 타령은 아직도 끝나지 않았다.
 그래서,
 "나를 버리고 가시는 임은……."
 하고 혼자서 한 가락을 넘기었다. 노래에도 물리학에서 말하는 관성이 있었던지, 갑자기 브레이크가 듣지를 않았던 것이다.
 전교생의 시선은 두수에게로 쏠리었다. 일이 이쯤 되고 보면, 벌을 받을 것은 틀림이 없다. 이왕 받을 벌이라면 이정도로 받는 것은 밑지는 것 같은 생각이 들어서 또 하나 기상천외의 장난을 생각해 내었다.

모두 눈을 감고 기도를 올릴 적에, 두수는 호주머니에서 눈깔사탕 한 개를 꺼내어 가지고는 걸상 밑 마룻바닥 위로 대그르르 소리가 나도록 굴리었다.

그 소리를 듣고 눈을 뜬 학생들은, 기도보다도 눈깔사탕에 더욱 관심이 컸다. 모두 이것을 집으려고 몸을 굽히고 덧포개져서 법석들을 하였다.

예배가 끝나자, 두수는 허드슨 박사에게 직접 불리어 교장실로 들어갔다.

"두수 학생, 아까 찬송할 때 다른 노래 부른 것 죄인 줄 아오?"

"……"

"그리고 기도할 적에 눈깔사탕 굴린 것 잘한 일이오?"

그 말에 놀란 두수는 한번 우겨 볼 생각이 나서,

"눈깔사탕은 모릅니다."

"내가 보았소, 거짓말까지 하니, 세 가지 죄 지었소."

죄목이 하나 더 붙었으니 큰일났다.

"눈을 감고 기도하시면서 보시었다는 것도 거짓말입니다. 선생님은 엑스 광선으로 보셨습니까?"

"내가 눈을 뜨고 보았소."

"기도하시면서 눈을 뜨는 것도 하느님 앞에 죄악입니다."

두수는 어디까지나, 교장마저 공범자로 만드는 것이 자기에게 유리하리라 생각하고 물귀신처럼 자꾸 끌고 들어갈 노력을 한다.

"두수 학생에게 악마 붙었소. 우리 기도합시다. 학생이 잘못을 깨닫고 인정할 때까지 기도 그치지 않겠소."

하고는 두수를 마루 위에 꿇어앉히고 나서, 달아날 것을 염려함인지 한쪽 손을 머리 위에 얹은 후,

"죄에 빠지는 하느님의 어린 양을 구원하소서……."

하는 말로 기도를 올리는 것이었다.

'하느님의 어린 양은 여드름이 이렇게 났는데…….'

하고 두수는 생각하면서, 달아날 궁리를 골똘히 하였다. 이러고 있다가는 온종일 앉아 있어야 할 모양이 아닌가. 박사는 감기가 들었는지, 가끔 손수건을 꺼내서 콧물을 닦는다. 그럴 때만 머리 위에 놓인 털 방망이 같은 박사의 손이 자리를 뜨는 것이었다.

두수는 옆에 있는 동글 걸상을 가만히 끌어당기었다. 그러고는 기회를 노렸다. 이윽고 다시 콧물을 닦는 박사의 손이 머리 위로 다가올 때에 이내 머리를 빼치고 대신 걸상을 갖다 놓았더니, 박사는 걸상 위에 손을 얹고,

"하느님의 어린 양……."

을 자꾸 외는 것이었다. 두수는 살그머니 밖으로 빠져 나왔다. 허드슨 박사는 기도하기에 진력이 났다. 약 30분 후, 이윽고 박사는,

"두수 학생, 잘못 깨달았소? 깨달았소?"

하고 물었으나, 동글 걸상이 대답을 할 리가 만무하다. 오정이 가깝도록 동글 걸상과 닥터 허드슨은 기도를 계속하였던 것이다.

이런저런 일이 모두 범벅이 되어서 두수는 일 학년에서 낙제를 하게 되었다.

두수의 나이는 금년에 열여섯 살이다.

제대로 진급이 되었으면 중학교 졸업반인 삼 학년이 되었을 것인데, 초등학교 시절에 한 번 낙제를 하였고, KK 중학교 일 학년에서 보기 좋게 한 번 주저앉았으니, 열여섯 살인데도 여태 일 학년이다. 두수는 상급생한테도 마구 한다. 그도 그럴 것이, 초등학교 시절에 같은 반이었던 친구들이 모두 삼 학년인 때문이다.

이번에 신입생들이 들어왔으나 모두 젖비린내나는 어린애들이어서, 족히 벗할 상대가 되지 못한다. 솜털이 보르르한 애송이들…… 자기는 벌써 이팔청춘이 아닌가. 2·8이 16이니, 열여섯 살이 된 자기는 영락없는 청춘이다.

'점잖은 청춘이 어찌 어린 것들과 놀 수 있으랴?'

이렇게 생각하는 두수였으나, 두수에게는 이 청춘 때문에 커다란 고민이 하나 있었다.

얼굴 전면에 홍역 마마를 앓는 것처럼 발갓발갓 돋아나는 여드름이 그것이다.

뺨에 나는 것은 남을 안타깝게 사모하는 징조요, 이마에 돋는 것은 은근한 사모를 받는 것이라고 들은 두수는, 이마에 난 여드름만은 매우 소중하게 알지만 뺨에 돋는 것은 한없이 미워한다.

오늘 아침에도 세수를 하다 말고 거울을 들여다보며, 고춧가루 먹은 사람 모양 오만상을 찌푸리고는,

"이팔청춘에 소년 몸 되어서……."

하고 노래를 부르며, 뺨에 난 여드름과 떡씨름을 하는 것이었다.

그러고는 이마 위에 난 것은 슬슬 어루만지며 빙그레 웃었다.

"흠, 청춘의 심벌이로군, 후후훗……."

장난 이력서

얄개는, S대학의 영문학 부장인 나 교수의 막내아들로 태어났다. 위로 누나만 둘 있고, 외아들로 자랐는데다가 타고

난 소질에 응석이 범벅이 되었으니, 어릴 때부터 손을 댈 수 없는 장난꾼으로 매우 전도가 촉망되었다. 무슨 장난을 쳐도 '허허허' 하고 웃기만 하는 호인 아버지였기 때문에 장난에는 면허장을 받은 셈이었다.

지금은 ×× 신문사 편집국장의 부인이 된 두희 여사는, 학생 시절부터 시집간 오늘에 이르기까지 동생인 두수에게 골탕을 먹어 오는 단골손님이다. 둘째 누나 두주도 가끔 두수 장난에 희생이 되는 피해자였다. 그러니까 자연 두 누나

는 동맹을 하고 두수에게 보복을 하는 일이 있는 까닭에, 두수는 어머니 이외의 여자와는 원수처럼 알고 앙숙으로 지내는 터였는데, 웬일인지 얼굴에 여드름이 생기면서부터는 원수로 알던 여자들이 차츰 이쁘게 보이기 시작하였다. 그래서 두희, 두주 두 누나에게도 다소 호감을 갖게 되었던 것인데, 요즈음에 이르러서는 부쩍 호의를 품게 되었다. 그것은 두주 누나의 친구의 동생인 김인숙이란 여학생이 제 언니의 심부름으로 누나를 처음 찾아 왔을 때, 한 번 본 얼굴이 알미울 정도로 잊혀지지 않는 데 기인한다. 인숙이를 보고 '애야, 쟤야' 하기를 조금도 꺼리지 않고 해치우는 누나가 무슨 위대한 존재인 것처럼 보이기까지 하는 것이었다.

그래서 이마에 나는 여드름은, 인숙이 때문에 돋는 것이라고 믿어 보고 싶은 심정이었다.

또 뺨에 돋는 것도 분명 인숙이 때문에 나는 것이라고 확신하는 두수였다.

그러나 누나들은 두수의 호의에 아랑곳없다는 듯이 쌀쌀하게 군다. 그도 그럴 것이 어린 시절부터 하도 두수가 베푸는 쓰디 쓴 고배를 마셔 본 경험이 있기 때문이다.

편집국장인 매형이 평기자로 있던 때, 두희 누나는 두수를 데리고 그 기자와 함께 산보하는 일이 종종 있었다.

처음에 누나가 황 선생님이라고 부르던 그 기자는, 어린 두수를 매우 귀여워해서 같이 만날 적마다 캐러멜도 사주고 케이크도 한턱 내고 그랬는데, 한번은 영화관을 같이 갔을 때, 두수는 황 선생님에게 넓적다리를 한 번 단단히 꼬집히었다.

"아앗!"

하고 지르는 고함 소리를 들은 누나가,

"두수야, 왜 그러지?"

하고 물었을 때, 기자는 두수를 웃는 낯으로 보며,

"아, 귀엽다니까 왜 그래."

하면서 머리를 쓰다듬어 주다가 누나의 시선이 영화의 스크린으로 향하자, 기자는 쓸어 주던 손으로 주먹을 쥐어 가지고 두수의 뒤통수를 툭 때리는 것이었다.

"아앗!"

두수가 또 한 번 고함을 쳤고, 누나의 시선이 다시 두수를 향하자 기자는,

"허어, 그놈 쓸어 줘두 아야야? 엄살두……."

하며 뺨을 핥을 듯이 입을 가까이 가져온다. 두수는 놀라서 얼른 목을 움츠리고 나서,

"처음에는 꼬집구, 시방은 때리구, 이번에는 물어뜯으려구 그러세요?"

하고 기자 아저씨의 얼굴을 손으로 떼밀었던 것이다. 누나가 화장실에 가느라고 잠깐 좌석을 떠났을 때, 황 선생님은 통방울 같은 두 눈을 부라리며,

"요 방정맞은 자식은 왜 졸졸 따라다녀. 요 다음에 또 누나를 따라나왔담 봐라, 아주 밟아 놓겠다."

하며 따귀라도 칠 듯이 팔을 둘러메었을 때, 누나가 좌석으로 돌아왔다.

"하하하…… 어쩌면 이렇게도 귀여워!"

입으로는 이렇게 말하면서도, 눈은 무섭게 흘겨보는 것이었다. 그 뒤로 두수는 기자 아저씨가 싫어졌고 동시에 기자와 자주 만나는 두희 누나까지 밉살스러웠다.

그 다음부터는 신문 기자와 누나가 약속이라도 하였는지, 두수를 떼어 두고 살살 혼자서만 가서 만나고 오는 눈치였다. 어떻게 그것을 아는가 하면, 두희 누나가 신문 기자와 만나는 날이면 다른 날보다 세 갑절이나 화장하는 시간이 길어지고, 목욕을 하는 것으로 보아 짐작이 된다.

두수는 약간 쓸쓸하였다. 기자는 밉고 싫고 때로는 무섭기까지도 하였지만, 그것은 기자와 두수가 단둘이 있을 때뿐이고, 누나와 같이만 있으면 중국 요리집에도 함께 가 주는 때문이었다. 그랬는데 이제는 같이 나가지 않는다. 화장 시간과 목욕하는 것으로 미루어 보건대, 확실히 신문 기자와 만나는 것이 분명한데도 다른 볼일로 외출하는 체하고 일요일마다 살짝 나가서는 밤 늦게야 돌아온다.

이러한 처사가 괘씸스러워서 한번 곯려 주려고 벼르던 중에 어느 일요일 아침, 두희 누나가 목욕물을 데우느라고 가마에 불을 지피고는 얼굴이 홍당무같이 빨갛게 되도록, 몸을 꾸부린 채 후후 하고 불을 불고 있을 즈음, 두수는 오늘이야말로 거사를 감행할 기회가 왔다고 마음먹고 곯려 줄 방법을 골똘히 궁리하고 있었다.

불을 다 땐 누나가, 목욕탕에 들어가 물의 온도를 보고 나와서 옷을 벗고 막 목욕실로 가려 할 때, 두수는 빨간 잉크 한 병을 들고 몸을 빠르게 움직여 욕실로 뛰어들어가서는, 잉크 병 마개를 열고 탕 안에 사정없이 쏟아 넣고서, 바가지로 물을 휙휙 저어 놓고는 시침을 뚝 떼고 방으로 돌아와 있었다. 목욕실에서는 이내 반응이 나타났다.

"어머나, 이게 뭐야! 금세 아무렇지도 않던 물이……."

비명에 가까운 고함 소리가 일어나자, 제일착으로 달려간 것은 아버지인 나 교수였다.

"왜 그러니, 응?"

하며 교수가 욕실 문고리를 잡았을 때 안에서는,

"열면 안 돼요. 남자는 못 들어와요."

하는 고함이 새어 나온다.

"나야 상관있니?"

"글쎄, 안 된다니까요. 대체 이게 무슨 일이람."

"뭐가 무슨 일이냐 말이다."

"못 들어오신대두요, 아이."

어머니와 두주 누나가 목욕탕으로 달려가는 소리를 듣고

두수도 천천히 몸을 일으켜 탕으로 갔다.
"아니, 별일 다 보겠구나. 이게 웬일이냐?"
"어머나, 이게 뭐유, 언니?"
이런 말들이 욕실 밖까지 들리건만, 두수는 모른 체하고 눈만 껌벅거리고 섰다가 슬금슬금 물러났다.
두수가 목욕실을 멀리 떠나기 전에 안에서,
"엣취, 엣취……."
하는 누나의 재채기하는 소리가 요란히 울려 나온다. 이것은 후춧가루를 마셨다거나, 태양을 쳐다보아서 나온 재채기가 아니라, 감기에 걸렸다는 경보로서의 재채기임이 분명하다.
목욕탕에서 나온 두희는 곧장 두수에게로 달려와 코맹맹이 소리로,
"두수야, 너지?"
하며 아랫입술을 꼭 깨물고 서서 바르르 몸을 떤다.
"뭘 말이야? 나야 나지."
"아, 아니야. 잉크에다 목욕탕을 집어 넣은 게 네 장난이 아니란 말야?"
"하하하…… 뭐라구? 잉크에 목욕탕을 집어 넣었다구? 그렇게 큰 걸 무슨 재주로 잉크병에 몰아 넣어? 할 수만 있댐 누나가 한번 해 봐. 그건 마술이야, 마술, 하하……."
"잉크에다 목욕탕을…… 아니, 목욕탕을 잉크 병에…… 그

것두 아니구, 목욕물에 잉크를 풀어 넣은 것이…… 그래 그래, 잉크를 풀어 넣은 것이…… 너지?"

하고, 흥분과 추위 때문에 굳어진 입술로 겨우 여기까지 말하고 두수를 본 때는, 벌써 두수가 달아나 버린 뒤였다.

이렇게 사이가 좋지 않은 맏누나 두희가 시집을 간다고 하니, 두수는 미상불 고맙지 않을 수 없다.

어머니를 따라 결혼식장으로 간 두수는 미리부터 주의를 단단히 받은 탓도 있겠지만 분위기가 엄숙해서, 처음에는 점잖게 어머니 무릎 위에 앉아 있었는데, 식이 끝나고 피아노 소리와 함께 누나와 팔을 끼고 나온 작자를 보고는 소스라치게 깜짝 놀랐다. 왜냐 하면 누나의 신랑이란 것이 다른 사람이 아니라 〈황 선생님〉이라는 신문기자였기 때문이다. 두수는 버럭 소리를 질렀다.

"앗! 저, 자식이 신랑이야?"

"앗! 두수야, 무슨 소리야."

하고 기겁을 한 어머니가 손을 들어 막으려는 입을 빼치고,

"엄마 엄마, 저 자식이 누나하구 영화 구경 갔을 때, 내 다리를 꼬집구 뒤통수를 때렸어. 야잇, 신문 기자!"

하며 일어서니까 구경꾼들이 모두 '와' 하고 웃었다.

그날 집에 돌아와서 어머니에게 자막대로 얻어맞을 것을 아버지가 구원해 준 일이 있다.

 두수의 이 같은 역사를 적자면 한이 없으나, 한두 가지 더 소개하겠다.

 초등학교 삼 학년 때이니, 여남은 살 되었을 때다.

 두수의 통행금지 시간은 전깃불이 켜지는 때였다. 집집마다 전깃불 켤 무렵까지는 꼭 집에 와 있어야 했고, 또 밤에 놀러 나가지도 못한다는 것은 아버지가 낸 규칙이었다. 다른 친구들은 달밤에 즐겁게들 놀건만, 두수는 꼼짝을 할 수

없으니, 좀이 쑤셔서 지극히 참기 어려운 고역이었다. 더구나 그날은 친구의 생일인데, 자기 집에 가서 여럿이 같이 놀자는 초대가 있었다. 아버지에게 그런 사유를 설명해 볼 마음도 있었으나, 이 문제에만은 엄격하신 아버지가 허락해 주실 것 같지가 않아서, 생각한 끝에 펜치를 들고 대문 밖으로 나가 집으로 들어오는 전선줄을 잘라 버렸다.

그날 밤이 늦도록 놀다가 돌아오니, 집에는 뜻밖에도 전깃

불이 들어와 있는데, 집안 식구들이 모두 두수를 찾아 나섰고 아버지 혼자서만 집을 지키고 있다가,

"어디를 갔다가 지금 오느냐?"

하는 호령이 떨어졌다.

"……."

"전선줄을 네가 끊었지?"

"예……."

"그걸 보구서 네가 계획적으로 한 일인 줄 짐작하고 다소는 안심을 하였다마는, 이렇게 늦게 다니면 집안에서 걱정을 하지 않니. 오늘은 전선 끊은 것과 통행 시간 위반으로 처벌을 해야겠다."

하시며 아버지는 두수의 종아리를 때렸다.

두수가 아버지의 꾸중을 듣는 것을 평소에는 매우 환영한다. 간혹 꾸중을 하시고, 호인인 나 교수는 십 분이 못 되어서 두수가 상심할까 봐 여러 말로 위로를 하시는 때문이었다. 말로만 위로를 할 뿐 아니라 돈까지 주시면서 달랜다. 슬픈 듯한 표정만 하고 있으면 된다. 돈이 많이 소용되는 때이면, 슬픈 표정의 정도를 좀 더 깊게만 하면 그만인 것이다.

그랬는데 이 날만은 아버지도 어지간히 노여웠던지, 그 부록은 따라오지 않았다.

작은 누나 두주도 두수에게는 좋은 밥이다. 아직 두주가

여학교를 졸업하기 전이었다. 학교에서 소풍을 간다고 그 전날부터 과자며 과일 같은 것을 잔뜩 사다가 두고도 좀 먹자는 두수의 말은 들은 척도 아니하고, 뽀드득 뽀드득 아작아작 먹는 꼴이 몹시 비위에 거슬리었다. 두수는 아랫입술을 깨물고 빙그레 웃으며 무릎을 탁 쳤다. 이튿날, 이른 아침부터 서두르던 두주는 안잠자기가 구두를 닦는 동안, 응접실에서 초조한 마음으로 떠날 준비를 하고 있었다. 거기에 두수가 나타난 것이다.

"누나 아직 안 갔어?"

"인제 곧 갈 테야."

"어럽쇼, 누나 얼굴에 분 발랐어?"

"애는, 분은 무슨 분이야."

"그런데 어쩌 오늘은 그렇게 이뻐 뵐까······."

"호호······ 아무리 비행기를 태워두 과자는 안 줄걸."

하면서도 두주는 여간 유쾌하지 않은 것이 아니었다.

"아냐, 정말이야. 누나 얼굴에서 제일 매력이 있는 것은 입이거든, 입."

"애가 제법 어른스러운 소릴 다 해."

하고는 얼굴을 약간 붉히는 것으로 보아, 아주 뜻밖의 말을 들었다는 표정이 아님을 두수는 재빨리 간파하였다.

"요 윗입술은 더 멋있어."

하며 누나의 코 밑을 건드리는 두수의 손가락 끝에는 먹물이 발라져 있었다.

"만지지 말아, 재수 없게시리."

하면서, 주먹으로 코 밑을 문지르니, 영락없는 카이저 수염이 그려졌다.

두수는 터지려는 웃음을 겨우 참으며, 자기 방으로 돌아와서는 누나가 그 수염을 닦고 가는지 그냥 가는지를 알아보려고 창틈에 눈을 대고 기다리고 있노라니까, 누나는 은단 광고 같은 카이저 수염을 그냥 둔 채, 아주 점잖게 집을 나서는 것이었다. 그 때야 두수는 여학교 유니폼을 입은 카이저가 배낭을 메고 소풍 가는 꼴을 눈앞에 그려 보며 웃음보를 풀어 놓는 것이었다.

필경 창피를 당했을 누나가 소풍에서 돌아오기 무섭게 달려와 싸움을 걸려니 하고 생각했었는데, 예상과는 달리 누나는 그 문제에 대한 일언 반구의 언급도 없었다. 그것이 오히려 두수에게는 더 불안했다. 정면으로 도전하여 온다면 또 거기에 대비할 계책도 있는데, 이렇게 잠자코 있어서야 폭풍 전야의 고즈넉함과 같아서 적이 불안한 것이다.

이런 일이 있은 얼마 뒤에, 시집간 큰 누나가 근친하러 집엘 왔다.

아마 두주는 이 기회를 타서 공동 작전을 할 셈인 모

양이었다.

두희 누나가 아버지에게 선물로 가지고 온 위스키가 몇 병 두주의 방에 놓인 것을 보고,

"저게 뭐유?"

하고 물었더니, 두 누나는 공모를 하였던 모양이다. 이구동성으로,

"그거, 꿀이다."

하는 것이었다.

"조금 먹어두 좋수?"

"다 먹으렴. 먹을 테면 다 먹어야지 남기면 못써."

"그러우."

"못 먹음 뭐야, 곰이래두 좋지?"

"좋아, 먹으면 뭐유?"

"먹으면 뭐긴 뭐야, 꿀돼지지. 호호호……."

두수는 한 병을 뜯어서 한 입 먹었다. 꿀은커녕 입에 불이 날 지경이다.

"이거 술이구려?"

"호호호……."

"술이램 못 먹을까 봐."

아까는 꿀인 줄 알고 먹은 것이 술이었으니까 그랬지, 술을 술로 알고 먹는다면, 거기에 적당한 마음의 준비만 있으면 될 것이다. 에라 마셔 보자, 하는 객기가 나서 두수는 독

약이라도 마시는 비상한 결심으로 객기를 부리었다. 단숨에 몇 모금을 마시고 잠깐 쉬노라니까, 눈꺼풀이 축 처지며 사지가 나른해지는 것이 전신이 녹아들 것처럼 유쾌하다. 하나, 누나의 두 얼굴이 빙글빙글 돌고 있는 것으로 보인다.

"옳지, 술이란 이 멋에 먹는구나."

좀 눕고 싶어져서 일어서려니까, 다리가 휘청거리며 혀가 굳어졌다.

"누, 누나 날 좀…… 붙들어 주우. 붙들어 달라아, 그런 말

이야, 하하하……."
 두수가 비틀거리는 것을 보고, 두주가 서재로 달려가 아버지를 모시고 왔다.
 "두수야, 너 이게 웬일이냐?"
 "아버지, 저, 저는 꿀을 먹었습니다. 누나에게 물, 물어 보세요, 꿀……."

 ─이튿날 아침, 두수는 또 한 번 아버지에게 부록에 없는

종아리를 맞았다.

'옳지, 시집을 갔다고, 치외 법권이라고 나를 이렇게 홈통으로 몰아 넣는구나. 어디 두고 보자. 명장이란 원래 사방 공배를 노리는 법이다. 일석이조의 전술을 택하는 법이다. 한 번 거사에 매형까지 곯려 줄 터이니, 그리 알아라. 오늘 못 하면 내일, 금년에 안 되면 명년에, 오 년 후, 십 년 후에라도 권토중래할 때가 분명히 있을 것이니, 부디 마음을 놓지 말아라.'

이렇게 결심한 두수는, 작년 KK 중학교에 입학이 되었을 때, 이제는 편집국장님인 매형의 집으로 인사를 갔다.

매형이 아직 신문사에서 퇴근하지 않아서 덩그렇게 빈 집에 혼자서 집을 지키고 있던 두희 여사는, 찾아간 두수를 퍽이나 반갑게 대하였다.

강아지 새끼라도 오면 반가울 판에, 말하는 사람이 왔으니 반가울 수밖에 없다. 저녁을 먹고 가라고 굳이 붙잡아서, 두수는 하는 수 없이 주저앉았다.

마치 이 집에서 먹지 않으면 저녁을 굶게 될 사람인 것처럼 저녁, 저녁 하며 붙잡아 놓더니, '형님은, 형님은.' 해 가면서 연방 남편 자랑을 하는 이야기는 두수에게 있어서 도시 흥미가 없는 화제였다.

건성 대답을 하면서도, 두수는 옛날 꼬집힌 감정과 누나에게 골탕먹은 분함이 가시지 않아서, 누나 부부를 한꺼번에 혼내 줄 명안은 없을까 하고 그것을 궁리하기에 열중하였다.
 누나가 정성껏 차려 준 저녁상을 대하고, 밥을 마구 퍼먹는 동안에도 그 일에만 열심이었다. 마침내 영감이 떠올랐다.
 '옳다. 그렇게 하자.'
 저녁상을 물리고 누나가 부엌에서 설거지를 할 때, 두수는 전화통을 들고, 처음에는 옹알옹알하다가, 나중에는 커다란 음성으로 이렇게 말했다.
 "……네? ……산월 씨라고요? ……그렇게만 전하면 국장님이 잘 아신단 말씀이죠? ……어제 만났던 산월이라고…… 네…… 네, 네…… 아, 여보세요…… 여보세요……"
 이 때 부엌에서 누나가 달려와 전화통을 빼앗듯이 하여 귀에 대고는,
 "여보세요, 여보세요…… 아, 여보세요……"
 한다.
 "전화가 끊어졌나 봐."
 하는 두수의 말에는 대답도 않고,
 "산월이라고 했지?"
 외면을 한 채 이렇게 뇌까리는 누나의 눈에는 파란 불길이 이는 듯하고, 이빨 자국이 박히도록 깨물린 입술은 바르르 소리가 날 듯이 떨리었다.

마침 매형이 현관에 들어서는 기척이 나자, 누나는 쪼르르 달려가서 불문곡직하고 표범처럼 대드는 것이었다.

"여보, 산월이가 누구예요?"

"산월이? 모르겠는데……."

"흥! 몰라요? 아아니, 우리 집 전화번호까지 알고 있는 산월이를 당신이 모른다면 내가 속을 줄 알아요? 아이, 분해욧!"

"난 도무지 모를 사람이야."

"어제 만났던 산월이를 모르세요?"

"모르겠어."

"좋아요."

두수는 빙그레 웃으며,

"천천히들 하시오. 난 실례합니다."

하고 자리를 박차고 일어났다. 누나는 부부 싸움할 자유 분위기를 확보하기 위하여 더 붙잡으려고 아니 한다. 인사를 빙자하고 저녁까지 얻어먹은 다음, 싸움을 붙여 놓고 달아나는 두수는 참말로 경계를 요하는 반갑지 않은 손님이다. 집으로 돌아온 두수는 전화로 두희 누나를 불러냈다.

"여보세요, 편집국장 댁이시지요?"

"그래요, 누구세요?"

"저는 산월이라는 사람이올시다."

"네에? 산월이라는 이가 남자분이시던가요?"

"남자면 못씁니까? 저 그런데 부부 싸움은 어느 정도 진행되었습니까?"

"뭣이라고? ……너, 너…… 두수로구나."

"하하하…… 신문사 편집국장 사모님이 그렇게도 센스가 무디어서 무엇에 쓰겠소. 오늘이 며칠인지나 아시오?"

"사월 초하루…….'

"하하하…… 에이프릴 푸울, 만우절입니다. 하하하…… 안녕히들 주무시오."

그러나 이때는 벌써 편집국장 얼굴에 손톱자국이 대여섯 군데나 생긴 뒤였다.

또 하나의 별명

학교에서나 집에서나 또는 일가친척 중에서나 두수 때문

에 봉변을 당하는 이가 많은 까닭에, 그는 거의 사면 초가였다. 그러나 두수의 갖은 장난을 지략이라 하여 높이 평가해 주는 또 한 사람의 이해자가 있었으니, 그는 KK 중학교에서 국어를 담당하고 있는 백상도 선생이다.

 백 선생은 아직 삼십도 안 된 총각 선생으로 전도가 촉망되는 젊은 극작가(劇作家)다. 얼굴이 희고, 키는 후리후리하며, 몸집은 여윈 편이지만은 신경질이라곤 약에 쓰려고 해

도 찾아보기 어려울 만큼 명랑하고 호협한 기질을 타고난 분이다.

이 학교는 교직원이라 할지라도 학교 안에서는 담배를 피우지 않는 것이 오랫동안 전해 내려온 관습이다. 근무 규정에 박혀 있는 것은 아니지만, 담배를 피우면 닥터 허드슨이 좋아하지 않기 때문에 모두 자숙하여 교내 금연이 불문율로 되어 있다. 그래서 담배를 좋아하는 선생들은 화장실에 가서 아편쟁이처럼 한 대씩 피우고 나오는 것이었다.

그러나 백 선생만은 예외로, 아무 데서나 뻐끔뻐끔 담배를 피운다.

한번은, 방과 후에 강당에서 학생들과 잡담을 하며 담배를 피우는 백 선생을, 허드슨 박사가 발견하고 달려와서 매우 못마땅한 표정으로 이렇게 말했다.

"백 선생님, 담배 피우는 버릇 언짢소. 다른 선생님들 다 담배 피우지 않소."

백 선생은 대뜸 이렇게 반문하였다.

"규칙입니까?"

"규칙 아닙니다마는 담배를 피우지 않는 것 좋겠소. 학생들에 전염되기 쉽겠소."

허드슨 박사는 담배 먹는 것을 문둥병이나 폐결핵쯤으로 아는 모양이다.

"나는 좋소. 전염 안 되오."

백 선생이 교장의 말투를 흉내내어 응답할 때, 학생들은 모두 와아 하고 웃었다. 학생들은 이 흥미진진한 시합이 어떻게 끝나는지 보려고 기대를 가지고 주시하는 것이었다.
 "담배 피우는 것 하느님 도리에 맞지 않소."
 말문이 막히면 용대기 내세우듯 하는 하느님 도리로 위압하려 할 때, 백 선생은 슬쩍 비켜서는 시늉으로 화제를 바꾼다.
 "세상에 있는 물건은 모두 누가 만드셨습니까?"
 "들에 있는 백합화, 공중에 나는 새, 천지간의 모든 만물, 전부 하느님께서 창조하시었습니다."
 "이 담배는 누가 창조하셨습니까?"
 "물론 하느님 아버지께서 창조하신 것이오."
 "하느님께서 모처럼 애써서 창조하여 주신 것, 우리가 쓰지 않으면 하느님 섭섭하게 생각하시오. 애용하는 것, 하느님 도리에 잘 맞소. 이렇게 애용하여야 하오."
 하고는 담배를 뻑뻑 빨아 연기를 내뿜는다.
 거기에는 박사도 할 말이 없는 듯 눈만 껌뻑거리다가,
 "조금씩만 애용하시오. 아니, 하지 마시오."
 하고 홱 돌아서서 가 버렸다.
 이 소문이 전교에 퍼지자, 백 선생은 학생들 사이에 영웅처럼 존경받는 존재가 되었다.
 이러한 백 선생이 두수의 후원자이다. 처음부터 두수와는

얕은 인연이 아니다.

  두수가 입학하던 날 백 선생이 부임했고, 백 선생의 별명을 지은 것이 두수이고 보니, 보통 인연이 아니다.

  백 선생에게는 머리를 약간 오른쪽으로 굽히고 다니는 버릇이 있었다. 언제 어디서 보나 고개가 옆으로 굽었다.

  그래서 두수는 쪽지에 다음과 같은 글을 써서 백 선생 등에 꼬리표처럼 달아 놓았다.

  ―시보를 알려 드리겠습니다. 지금 시간은 여섯 시 오 분 전입니다.

  머리가 조금 오른편으로 굽어져서 명명한 〈여섯 시 오분 전〉이란 별명은 삽시간에 전교 내에 퍼졌다.

  백 선생 자신이 샌드위치맨처럼 등에다 광고판을 지고 반나절이나 학교 안을 쏘다녔기 때문이다.

  선생이건 학생이건 이것을 본 사람들이 허리를 잡고 웃기는 했으나, 어째서 웃는다는 이유를 밝히지 않았으므로 무심하게 반나절을 지냈던 것인데, 남이 웃으면 처음에는 어리둥절해서 영문을 몰라 하다가 나중에는,

  "하하……."

  하고 자기도 남들을 따라 웃으니, 더한층 웃음의 선풍이 일어나는 것이었다.

  이것이 나 두수의 장난이란 것이 드러났을 때에도 백 선생은 골을 내는 대신,

"하하. 여섯 시 오 분 전은 걸작이야, 센스가 날카로워. 아 아, 유쾌하다. 하……."

하고 웃음을 터뜨렸을 뿐, 조금도 나무라려고 들지 않았다.

얼른 보아 사람 좋은 백 선생이었으나, 한편 몹시 짓궂은 데도 있는 분이었다.

지난해 학년말 시험에, 백지 동맹을 두수의 발안으로 한 적이 있다. 그것이 백 선생의 국어 시험이었다.

두수가 지령한 것이기 때문에 한 사람의 배신자도 없이 일치단결하여 남김없이 백지를 내었다. 이유는, 문제가 어렵다는 것이다. 일이 이쯤 되면 선생은 노여움 반, 부끄러움 반으로 주동자의 처벌 문제가 생기고, 재차 시험을 시행하는 것이 보통이고, 또 일 학년에서 일어난 사건이라 중대화할 것이 예상되었는데, 백 선생의 태도는 태평연월이었다.

방학이 되는 날까지 백 선생께서는, 아무런 시달도 내리지 않았을 뿐 아니라, 불쾌해하는 내색을 조금도 나타내지 않았다. 그러나 성적표들을 받아 쥘 때야 모두들 깜짝 놀랐다.

전부 성적이 안 나왔으려니 생각했는데, 예상과는 반대로 모두 사십 점 이하인 10점, 20점, 15점, 23점…… 이 따위가 대부분이다.

전원이 과목 낙제다. 같은 학년에도 다른 반에는 이런 일이 없는데 유독 두수의 반만이 전멸 상태이다.

책임을 느낀 두수가 특별 조치를 진정하려고 교무실로 백 선생을 찾아갔더니, 빙글빙글 웃는 얼굴로 이렇게 말하는 것이었다.

"……지식과 시간과 교실과 시험지를 제공해, 답안을 작성할 충분한 조건과 권리를 가진 제군이 일부러 포기하는 걸 낸들 어떻게 한단 말인가? 다음 학기부터는 제발 권리를 포기하지 말아 달라고 진정은 오히려 내가 하고 싶은걸. 하하하……."

"정히 그러시다면 저는 책임을 지고 자살할지도 모르겠습니다."

선생의 태도가 강경하니, 이쪽에서도 위협 전술로 나가야겠다고 생각한 두수는 이런 말로 협박을 꾀하여 보았으나, 그것도 헛일이었다.

"자네의 생명을 자네가 포기한다는데 그건들 내가 또 어쩌겠나?"

이제는 참말 죽지도 살지도 못 하게 되었다. 하는 수 없이 두수는 절을 꾸벅 하고 교무실을 나왔다.

기가 막히었다. 동무들은 과락을 먹었어도 진급은 되었는데, 용호와 두수만은 완전무결한 낙제다. 백 선생의 국어 점수가 20점이었기 때문이다.

이로써 두수는 낙제당 당수라는 또 하나의 별명이 생긴

것이다.

 이런 때일수록 아버지는 걱정하시지 않고 도리어 위로를 하신다. 성적표를 받은 날 저녁 집으로 돌아가니, 아버지는 대뜸,
 "낙제를 했다지?"
 하고 물으시는 것이었다.
 "……한 마디로 말하면 그렇습니다."
 "열 마디, 스무 마디로 말해도 낙제는 낙제지, 하하."
 "딴은 그렇습니다, 하하……. 그런데 그걸 어떻게 아셨습니까?"
 "한 열흘 전부터 알고 있었다. 하여간 대기는 만성이다. 한 번 움츠리었다 뛰는 개구리는 더 멀리 갈 수 있고, 뒤로 당겼다가 내지르는 주먹은 더 강한 법이다. 낙심 말고 다음 학년에는 백지 동맹 주모자 노릇이나 하지 말고 낙제당에서 탈당하도록 해라."
 놀라운 일이었다. 학교에서 생긴 일을 아버지가 모두 다 알고 계시지 아니한가.
 어떤 정보망을 가지고 있는지, 그것을 여쭈어 보고 싶었으나, 이런 경우에 이야기를 길게 하는 것은 불리하리라는 생각이 들었으므로 간단히,
 "네……."

또 하나의 별명 51

하고 아버지 앞을 물러났다.

'어떻게 아버지가 알고 계실까?'

이것을 궁리하기에 잠을 못 이룬 두수는 그 이튿날 아침에야 이 수수께끼가 풀리었다. 아버지도 방학이어서 늦조반을 마치고 앉았는데 현관에서,

"나 선생님 계십니까?"

하는 음성이 들리었다. 매우 귀익은 목소리다. 알았다. 그것은 백 상도 선생의 음성이다.

'아아니, 날더러 나 선생이라니 웬일이야. 아버지의 꾸지람을 재탕시키려고 온 모양이지.'

하고 잠자코 있노라니까, 아버지가,

"오, 백 군인가. 온다기에 기다렸네, 들어오게."

하신다.

'옳거니, 알쪼다. 아버지의 제자였구나. 그것을 진작 알았더면 방법이 없지도 않았을 것을……'

"두수 있습니까?"

"여기 있다네."

"두수 군이 있으면 좀 거북합니다."

"상관 있나? 이제는 알아도 소용 없지, 하하……. 그런데 효과가 어떻든가?"

"모두 과목 낙제를 시켰더니 뜨끔한 모양입니다."

"그것 보라구; 내 말이 어떤가."

이상의 대화로 미루어 보아, 백지 동맹에 과락으로 응전한 것이 아버지의 작전(作戰)인 줄을 두수는 깨달았다.

'아무리 그래도, 스승의 아들을 낙제시키는 법이야 있나.'

이것도 아버지의 지휘하에 된 일인 줄은 몰랐다. 그러나 두수로 본다면, 백지 동맹의 주동자로 퇴학 처분을 받기보다는 훨씬 낫게 처리한 셈이다.

―백 선생은 나 교수의 애제자로, KK 중학교에서 교편을 잡게 된 것도, 실상은 나 교수가 닥터 허드슨에게 알선을 하여 된 일이었다.

그러한 것을 알게 되면 아들이 방심할까 봐 비밀에 부치고 밖에서만 교섭을 가져 오는 터이다.

이 때, 두주 누나가 커피를 내왔다.

"오 두주야, 인사해라. 이분은 백 상도라고, 두수의 선생님이다."

하고 아버지가 말했을 때, 웬일인지 백 선생은 얼굴을 붉히면서 더듬거리는 말로,

"네, 알, 알고 있습니다. 학생 때 선생님을 쫓아왔다가 가끔 뵀습니다. 그 때, 두주 씨는 귀여운 여학생이었죠."

하고는 손을 어디에 놓을지, 시선을 어느 쪽으로 향할지 몰라 쩔쩔매는 눈치가 환히 보인다.

"저도 기억이 있어요, 호호…… 아버지에게 영어 성적을 좀 올려 달라고 애걸하시던 기억이 나요, 호호……."

"하하…… 두수 군도 있는 앞에서 쓸데없는 것을 추억하십니다그려……."

네 사람은 한꺼번에 하하하 하고 웃었다.

"선생님, 앞으로 자주 놀러 와도 좋습니까?"

"좋고말고. 이왕 두수가 안 바에야 와도 무관하지. 내 발명 이야기도 들을 경……."

"선생님은 여태도 발명을 하십니까?"

"암, 하다뿐인가. 국가와 민족의 복리를 위해서 그만둘 수가 없지."
"하하하……."
"어째서 웃나?"
"선생님이 발명을 안 하시는 게 국가 민족의 복리가 될 것이라고, 학생간에서 쑥덕공론이 있었습니다."
"에잇, 에고이스트들하고는 이야기가 안 되지. 하지만 그

때 자네들 그룹에서는 내 발명 고심담을 듣지 않으면 밥맛이 떨어진다고들 하지 않았나?"

"그건 고문당하는 셈치고 하루만 선생님의 발명 고심담을 들으면, 영어 성적이 다섯 점씩 올라간다는 소문이 났었기 때문입니다."

"예끼 이 사람, 자네도 그렇게 생각하나?"

"천, 천만엣 말씀이올시다. 저는 선생님의 고심담을 듣고 퍽 유익한 점이 많았습니다."

"그럴 테지. 암, 그럴 거야. 그럼 오늘도 좀 들려 줌세."

"바쁘실 텐데 뭐 그러실 것까지는 없습니다."

"아니야, 난 바쁘지 않아. 사양하지 말게."

"혼자서 듣기는 아까우니, 따님과 같이 듣겠습니다."

"아이, 전 뭐 노상 듣는걸요 뭐."

"국가 민족의 복리를 위해서 우리 들읍시다."

아버지는 적이 만족한 듯이,

"두수도 들어라."

하시는 것이었다.

"저는 공부를 해야겠습니다."

"그래, 낙제생은 공부를 해야지."

두수는 아슬아슬한 위기를 벗어나 이층 자기 방으로 피난을 하였다.

아버지의 발명 고심담을 듣는 것은 정말 고통스러운 일이다. 아침에 시작해서 해가 저물어도 고심담은 계속되는 것이 보통이다. 지쳐서 딴 생각을 하며 듣다가는 봉변을 당하는데, 그것을 잘 듣고 있는지 안 듣고 있는지를 시험하기 위하여 이야기 도중에 가끔 구술 심문을 하는 때문이다.

만일 대답을 잘못하면, 국가 민족의 복리를 원하지 않는 비애국자라는 낙인이 찍히게 된다.

어머니가 긴 병을 앓아 일년 열 두 달을 거의 자리에 누워만 계시는 것도, 젊은 때부터 오늘에 이르기까지 그 발명 고심담을 들어 온 수난의 결과라고, 맏딸 두희 여사는 이야기 한다.

나 교수는 발명가로 자처한다. 그러나 발명품이 수십 종에 이르건만 실용 가치가 있는 물건은 한 가지도 없다. 어머니는 다른 취미나 오락이 별로 없는 아버지의 발명벽을 구태여 말리려 하시지 않는다. 다만 그 고심담만은 그만두어 주었으면 하는 것은 비단 어머니의 희망만이 아니었다.

―두수는 호구를 벗어난 토끼 모양 숨을 몰아쉬며 수학 책을 꺼내 들었다. 그러나 깜깜하다. 공자님은 백독 자통이라고 말했다지만, 수학 교과서는 백 번 아니라 천 번, 만 번을 읽어도 알 수 있을 것 같지 않다.

두수의 눈에는, 교과서의 글자는 보이지 않고 뽀얀 아침 안개 속에 피어나는 한 떨기 꽃인 양, 김인숙 양의 웃는 얼굴만이 보인다.

두수는 생각하였다.

'에이, 진급 시험은 아직 일 년 후의 일이니, 공부는 걷어치우고 용호나 찾아가 보자.'

아랫방에서는 간혹 웃음소리가 난다. 백 선생이 얄밉다.

'용호와 의논해서 한번 곯려 줘야지.'

생각이 여기에 미치자, 유일한 낙제 동지인 용호가 보고 싶어져서 살그머니 집을 빠져 나와 용호를 찾아갔다. 용호는 집에 있었다. 용호의 아버지는 내과 의사로 유명한 김 박사다. 드넓은 병원에 주택이 딸려 있으니, 귀신도 모르게 출입하기가 자유자재다.

오늘 아침에 전화로 문의하여 보았더니, 출입 금지 명령이 내렸다는 말이다.

역시 수학책과 멱씨름을 하느라고 끙끙거리고 있던 용호가 박쥐처럼 찾아온 두수를 크게 환영하였다.

"용호야, 여섯 시 오 분 전을 한번 곯려주자."

"물론이다, 찬성이다, 환영이다, 지지로다……."

"그럼 계획을 세우자."

"물론이다, 찬성이다……."

"그만, 그만."

두수는 팔을 저어 용호의 말을 막았다. 들어 보나마나, 나머지는 〈환영이다, 지지로다〉일 것이 뻔해서다.

"그럼 일체가 비밀이다."

"화랑정신을 발휘하여 일로 돌진하자."

하며 주먹을 뽐내는 용호를 믿음직스럽게 보면서 이번에는 두수가,

"물론이다, 찬성이다, 환영이다, 지지로다……"

하고 외쳤다.

─제자들이 화랑정신으로 보복을 꾀하고 있는 줄도 모르는 백 선생은 나 교수의 고심담을 들으며 입가에 침까지 흘리면서, 두주 양의 복성스러운 뺨을 흘금흘금 훔쳐보는 것이었다.

아버지 얄개

"선생님께서도 어릴 때는 무척 장난을 많이 하셨다고 들었습니다."

백 상도 선생이 건네는 말이다.

"누가 그런 데마를 퍼뜨렸구나. 그건 이 사람아, 유언비어야, 유언비어."

나 교수는 강경한 태도로 백 선생의 말을 부인한다.

"누구라고 말씀드리지는 않겠습니다마는 선생님의 동창생이 발표하셨으니까 거짓말은 아니겠지요."

"알았네. 자네 학교에 있는 배 선생에게 들었겠군. 그 애는 나하구 중학 동창이니까……."

"하하하……."

"다 늙은 자식이 쓸데없는 수작을 지껄이는구먼. 장난은 그 애가 나보다 더 했는걸."

"하하하……."

백 선생은 한 번 더 웃었다. 머리가 반백이 된 나 교수가 대머리 까진 배 선생을 〈자식〉이니, 〈그 애〉니 하는 것이 우스워서다.
"배 선생님께서는 두수 군을 꼭 아버지 닮았다고 합니다."
"그런 놈 봤나. 허어, 고연 놈."
"사이가 언짢으십니까?"
"좋을 리 없지. 수학장이하구는 인연이 머니까……."
"두수 군도 배 선생님을 좋아하지 않는답니다."
"그럴 테지. 부전자전이니까, 하하하……."
이번에는 나 교수가 자못 유쾌하다는 듯이 웃어 댄다. 중학 시절 생각이 안개 속을 들여다보듯이 뽀얗게 떠올랐기 때문이리라.
"선생님의 발명벽은 그 때부터라지요?"
"이 사람, 발명벽이라니 어폐가 있네. 나는 학생 시절부터 발명가였다네."
"선생님의 발명 때문에 봉변당한 적이 한두 번이 아니라더군요."
"고녀석이 늘 단작스러운 일을 하기에 내가 가끔 하늘을 대신해서 벌을 주곤 했지."
"어떤 벌입니까?"
"배 군은 학생 때 박사라는 별명을 가졌었다네."
"수학 박사입니까?"
"천만에! 여드름 박사였지."
"두수 군 같았습니까?"

"말이 되나. 두수야 나를 닮아서 미남자지."

하며 나 교수는 주름 잡힌 턱을 한 번 자신 있게 쓰다듬는 것이었다.

"하하……."

"왜 웃나? 잠자코 얘길 들어 보게. 그 여드름 박사가 여간 고민을 하는 게 아니었다네."

대머리 앞이마가 놋요강 같은 배 선생의 우그렁 바가지 얼굴에 여드름이 한창이었다는 역사적 사실을 생각하며, 백 선생은 웃음을 깨물어 삼키는 것이었다.

"여드름 때문에 갖은 약을 다 써도 낫지 않아서 애쓰는 배 군에게 내가 발명한 특효약을 무료로 제공하였지."
"무슨 약이었습니까?"
"들어 보란 말이야……."
하며 나 교수가 하는 말을 추려 보면, 대강 이러하다.
나 교수도 두수 군에게 지지 않을 만큼 수학을 싫어했으므로 수학 시간만 되면 풀이 죽어 가지고 어서 시간이 끝나기만 고대하는 것이었다. 그때는 시간이 끝나는 신호로 벨을 썼는데다가, 수학 선생이라는 분이 가는귀를 먹었기 때문에 나 교수는 일부러 집에서 가지고 간 자명종 시계를 울려서 십 분쯤 일찍이 끝나게 하는 일이 가끔 있었다. 이것이 다른 학생들에게는 갈채를 받는 일이었으나, 수학에 취미가 있을 뿐 아니라 여당에 속하는 배 선생의 비위에는 잘 맞을 턱이 없었다. 자명종 시계가 울적마다 수학 선생이,

"이 교실은 어째서 그런지 시간이 짧은 것 같다."

하는 것을,

"분위기가 썩 좋고, 또 학생들의 수업 태도가 좋아서 그런 것입니다."

하는 것은 나 교수였다. 이 일을 고자질한 것이 배 선생임을 알게 되었을 때, 나 교수는 모르는 척하고 보복할 꿍꿍이를 꾸미기에만 분망하였다. 이리하여 배 선생에게 여드름 특효약이라고 준 가루약에 조화가 있었던 것이다.

"더운물로 세수를 말끔히 하고 이걸 발라 봐라. 곧 나을 테니."

하며 내주는 유리 병 속에는 야릇한 가루가 가득 있었다.

그 이튿날, 퉁퉁 부어서 일그러진 얼굴로 등교한 배 군을 나 교수는 마음껏 웃어 줄 수가 있었던 것이다.

"……나는 언제나 과학적이라네."

나 교수는 말을 계속한다. 남의 소중한 얼굴에 고춧가루를 바르게 하여 놓고는 과학적이라고 하는 것이다.

"무엇이 과학적입니까?"

"심리 요법이지. 나으려니 하고 믿는 마음으로 약을 쓰면 그것이 고추가루이건 말똥가루 건 효과가 나는 법이지. 한편, 나는 미신 타파 운동의 거성이었어. 밥 먹은 자리에 누우면 소가 된다는 둥, 다듬잇돌을 베고 자면 입이 비뚤어진다는 둥 하는 위협적 미신을, 나는 소가 될 것과 입이 비뚤어질 것을 각오하면서 몸소 반증의 제물될 희생적 결의를 가지고 실천했다네."

나 교수가 가장 비장한 표정을 해 가지고 하는 말이지만, 실상은 어른들을 곯려 주는 짓거리였던 것이다.

입이 비뚤어진다는 말을 들은 나 교수는, 일부러 다듬잇돌에 누워 보았다. 한잠을 자고 났건만 입은 아무렇지도 않았다. 그러고 보니 거짓말인 줄 뻔히 알면서 하는 어른들의 소행이 괘씸하게 느껴졌으므로, 나 교수는 한번 놀라게 해 줄 양으로 입을 잔뜩 비뚤게 해 가지고서 진종일 바로 하지 않았더니, 놀란 것은 집안의 어른들이었다.

"애야, 입이 왜 그러냐?"

"다듬잇돌을 베고 잤더니, 바람을 켰나 봐요."

비뚤어진 입으로 중얼거리는 말을 듣고는, 식구들이 질색을 했던 것이다.

"입을 억지로라도 바로잡아 봐라."

"돈 주지 않음 바로 되지 않아요."

하며 고집을 쓰는 나 교수는, 돈을 받고서야 입을 바르게 하였다고 말한다.

　이러한 것을 가지고 나 교수는 매양 과학적이라고 하는 것이었다.

　"선생님의 심리 요법은 참 위험합니다. 잘못하다가는 말똥 가루를 먹게 되는지두 모르니까요."

　근심스럽다는 듯이, 백 선생은 목까지 움츠리면서 지껄이는 동안에도 시선을 두주 양에게 보내는 일은 조금도 게을리 하지 않았다.

　"허어, 그런 줄 몰랐더니, 자네 눈이 좀 이상하네그려. 사팔뜨기가 아닌가?"

　"네에?"

　"나를 주시하면서도 동공은 두주가 있는 쪽으로 돌아가니 말일세."

　"아닙니다. 그, 그럴 리가 있습니까?"

　"없다니 될 말인가? 가만 있자, 심리 요법을 좀 써 보세. 내가 발명한 사팔뜨기 치료의 명약이 있으니까……."

　"사, 사절하겠습니다. 고추가루를 뿌리면 큰일이니까요."

　"사양할 것 없어."

　"사양하겠습니다."

　"하하하……."

　"호호호……."

　두주도 따라 웃었다. 웃지 않는 것은 백 선생뿐이었다.

"여하튼 나는 발명 대한의 선구자일세. 국가와 민족의 복리 증진을 위한 공로자이지."

"호호호…… 국가 민족의 은인이신 아버지가 식구들에겐 고통을 주시는 존재랍니다."

잠자코 듣기만 하던 두주가 고개를 갸우뚱하고 백 선생을 보며 종알거렸다.

"무슨 말씀입니까?"

"개량 석유 스토브를 만드셔서 실험하시다가, 집에다 불을 놓을 뻔하셨구, 또 그 뒤엔 고성능 소화기를 발명하셔서는 온 집안을 물바다를 만드셨구, 포서기라나요, 쥐 잡는 기구를 만들어 가지고는 고양이 오누이만 봉변을 당하였답니다."

"그거야 어디 내 탓이야? 쥐란 놈이 무식해서 그랬지."

"좀더 구체적으로 말씀해 주시지요. 무척 재미있을 것 같습니다."

하며 백 선생은 설명을 두주 양에게 청했다.

"우유죽을 담은 나무통 위에다 널빤지로 반쯤 다리를 놓고, 그 다리 끝에 가면 툭 떨어지도록 된 것인데, 오라는 쥐는 아니 오구 고양이가 빠져서 우유죽 고양이가 되었답니다. 호호호……. 그 뒤, 거기에 〈쥐 전용 우유죽 배급소〉라는 간판을 걸었지만, 쥐는 안 빠지고 고양이만 자꾸 빠졌답니다."
"한국의 쥐는 무식해서 글자를 모르니까 그렇다."
"문맹쥐가 많아서 그렇습니다그려!"
백 선생은 한 마디 변죽을 울리었다.
"암, 물론이지."
"인텔리 쥐는 많이 오게 마련입니까?"
"그렇구말구."
"고양이는 인텔리가 돼서 빠지나요?"
"얼른 말하면 그렇지."
"천천히 말해도 그렇지 않습니까? 선생님께서 발명하신 포서기는 문명국에서나 사용이 가능하겠습니다."
"그 견해는 옳아. 백군은 확실히 머리가 좋군."
"그 때는 간판을 외국말로 써 붙여야겠습니다."
"암, 그렇지. 외국 쥐들은 유식하니까…… 하하하."
나 교수는 자못 유쾌한 듯이 보였다.
"최근에는 자동 안마기를 연구 중에 있다네. 이건 앓아누운 내 아내에게도 매우 요긴한 거야."
"어떻게 된 것입니까?"
"특허를 맡기까지는 비밀이니까 공개할 수는 없지. 허지만 자네에게만은 공개해두 좋아. 보여 줄까?"
하고 자리에서 일어서려는 나 교수를 백 선생은 붙잡듯이 만류하였다.

안마기를 보기보다 두주 양의 얼굴을 바라보고 있기가 훨씬 더 즐거웠기 때문이다.

용호의 집이 아무리 넓다 해도 금족령을 받은 용호와 두수가 한꺼번에 빠져 나오기란 결코 쉬운 일이 아니었다. 게다가 용호가 쓰고 있는 방은 바로 수술실 이층인데, 아래층에서는 지금 수술을 하느라고 김 박사의 신경이 날카로울 대로 날카로워져 있었기 때문이다.
"여섯 시 오 분 전은 아직도 너희 집에 있을까?"
초조한 듯 뱉는 용호의 말이었다.
"모르겠어. 그러니까 빨리 나가잔 말야."
"누가 나가기 싫다나? 나갈 수가 없으니 그렇지."
"우리 뛰어내릴까?"
"뛰어내리면 소리가 날 테지."
"지진쯤으로 알겠지 뭘."
"무슨 소리냐고 물으시면 어떡하니?"
"지진입니다. 하고 대답하지."
"지진도 말하나?"
"하긴 그래. 지진에겐 입이 없으니까."
턱밑에 듬성듬성 난 솜털 같은 수염을 뜯던 손으로, 두수는 자기 무릎을 탁 쳤다.
"옳지, 되었다. 이렇게 하자."

"어떻게?"

"나 하라는 대로만 해. 내가 소리를 지르거든 뛰어나가란 말야."

하고 두수는 대뜸,

"불이야!"

하고 고함을 지르면서 밖으로 뛰어나갔다. 수술실에서 김 박사를 돕던 젊은 조수 한 사람이 뜰로 내달으며,

"어디, 무슨 불이야?"

하고 고함을 친다.

두수의 뒤를 총알처럼 따르는 용호가 대문 밖에 나설 때다. 조수가 또 한 번 소리를 지른다.
"무슨 불이야?"
"반딧불이야!"
하고 두수가 대답한 때는, 벌써 용호가 완전히 밖으로 몸을 빼친 뒤였다.
"스릴 만점이다."
"누가 아니래."
둘은 동숭동에 있는 두수의 집으로 발걸음을 옮기며 소

곤소곤 백 선생에 대한 보복 수단의 의논을 주고받았다.

두수의 집 앞에 당도한 그들은 발자취를 감추고 뒤꼍으로 돌아가 방 안의 동정을 살피었다. 나 교수의 발명담은 그때까지도 계속되고 있었다.

"백 선생 구두 속에 뱀을 잡아 넣을까?"

용호의 제안이다.

"뱀이 어디 있어야지."

"뱀 가게에 가서 사 오면 되겠지만 돈이 없구……. 옳지, 좋은 수가 있다. 여기에 껌이 있어. 이걸 씹어서 구두 속에 넣어놓기로 하자."

"그게 좋겠어. 보복 제1호는 그걸로 하자."

이리하여 두 소년은 열심히 껌을 씹으며 현관으로 들어갔다. 그러고는 백 선생의 구두를 찾아 정성껏 껌을 밑바닥에 붙여 놓았다. 한참 지난 후에야, 백 선생이 일어나는 기척이 났다.

아연 긴장한 두수와 용호는 멀리 숨어서 동정을 살폈다. 현관까지 배웅 나온 두주 양을 쳐다보느라 넋을 잃은 백 선생은, 그런 줄도 모르고 나일론 양말을 신은 발을 구두 속으로 몰아넣는다.

"성공!"

"축하한다."

두수와 용호는 감격에 찬 눈으로 서로의 얼굴을 쳐다보며 이렇게 외쳤다.

눈물이라도 어릴 듯한 장면이
다. 두 소년은 백 선생의 뒤를 미
행하였다. 껌이 양말에 달라붙는지, 가끔 무용하듯 투 스텝
으로 우줄우줄 걸어가는 백 선생의 뒤를, 두수와 용호는 웃
음을 참아 가며 따라갔다. 집을 알기 위해서다. 계동 골목으
로 접어들어 까맣게 치달리던 백 선생은, 어울리지 않을 정
도로 큰 솟을대문 안으로 싱글벙글하며 들어간다.

"분명 저 집이지?"

"음! 계획대로 추진하자."

"나는 오늘 저녁에 집에 들어가면 당분간 나올 수가 없게
될 거야."

용호가 비장한 얼굴로 이렇게 말했을 때, 두수는 주먹으
로 자기의 가슴을 두드리었다.

"염려 말아. 뒷일은 내가 다 맡았다."

두수의 의미심장한 미소를 보자 용호는 다소 안심하는 듯
하였다.

"화랑정신을 잊지 말아."

"고구려 혼을 발휘하자."

용호와 헤어져서 집으로 돌아온 두수는 잠을 이루지 못
했다. 무슨 장난을 계획할 때, 가슴이 설레는 것은 오랜 동
안의 버릇이다.

그 이튿날은 일찍이 잠을 깨서 주섬주섬 운동복을 입고는, 재가 잔뜩 담긴 양동이를 들고 계동을 향하여 달음박질쳤다. 마라톤 연습의 형국이다. 대문이 열리지 않은 백 선생 집 옆에 조심스럽게 양동이를 놓은 뒤, 담 모퉁이에 숨어서 사건의 추이를 엿보고 있었다.

덜커덩 하고 대문 빗장 뽑히는 소리가 났다. 가슴이 두근거린다. 손에 땀을 쥐는 아슬아슬한 순간…… 양동이를 밟고 재를 뒤집어쓰는 백 선생의 모습이 눈앞에 선히 보인다.

대문이 열렸다. 사람이 나온다. 분명 한쪽 다리가 양동이 속을 밟는다.

양동이가 기우뚱하며 재가 연기처럼 풀썩 피어오르고,

"꽥!"

하는 비명이 일어났다. 그러나 놀란 것은 잿더미를 밟은 사람이 아니었다. 잿더미를 밟은 사람 이상으로 더욱 놀란 것은 두수 자신이었다. 꽥 하는 비명이 남자의 음성이 아닌데 놀랐고 그보다 더 기막힌 것은 소리를 지른 여자가 다른 사람 아닌 김인숙, 그 사람인 점이다.

'어찌 된 일일까. 인숙이가 어째서 여기 있단 말인가?'

인숙이가 넘어지는 서슬에 떼굴떼굴 굴러 떨어진 양재기 속에 십 원짜리 몇 장이 들어 있는 것으로 보아 아마 두부라도 사러 나온 모양이다.

'그렇다면 여기가 인숙이네 집이란 말인가?'

희한한 일이다. 기막힌 우연이다. 책임을 느낀 두수는 운동복만 입은 기괴한 차림으로 썩 한 걸음 나서며,
"안녕합쇼?"
하였다. 물론 인사의 뜻이다.

신진 인격자

양동이를 밟고 재 벼락을 뒤집어쓴 인숙이가 결코 안녕하지 못한 처지에 있을 때, 두수가 던진 〈안녕합쇼〉란 인사말은 극도로 인숙이의 비위를 건드려 놓았다. 더군다나 운동복만 입은 기괴한 차림을 한 두수를 인숙이가 알아볼 턱이 없다. 두수 편에서는 인숙이를 잘 아는 터이지마는 인숙

이는 단 한 번 무심히 본 두수를 알아보지 못한 것이 당연하다.

　무엇보다 벌거벗은 남학생이 이런 때 이런 말을 하는 것은, 필경 자기를 놀리려는 것인 줄 알았을 게다. 그러기에 인숙은 아랫입술을 꼬옥 문 채,

"어떤 빌어먹을 자식이 이 따위 장난을 했을까!"

　하고 고함을 친 것이었다. 이 자리에 더 머물러 있다가는 무슨 욕을 볼지 모르겠다고 생각한 두수는, 다시 마라톤식으로 달리어 부리나케 집으로 돌아왔다. 가만히 생각해 보니 자기를 인숙이가 알아보지 못한 것은 매우 섭섭한 일이지마는, 오늘 언짢은 인상으로 기억될 것을 생각하면 무척이나 초조하고 안타깝다. 이것은 모두 근원을 따지고 보면 백 선생 탓이라는 결론을 얻게 되자, 백 선생이 한없이 원망스러웠다. 인숙이는 분명히 빌어먹을 자식이라고 했다. 그것이 비록 간접적인 욕이기는 하나, 그 욕을 먹은 것은 틀림없는 두수 자신이 아닌가. 두수는 정수리를 몹시 얻어맞은 때처럼 머리 속에 구멍이 뻥 뚫린 것 같았다.

　이러한 백 선생이건만 두주 누나를 한 번 보고 간 뒤부터는 여간 친절해진 것이 아니다. 아버지인 나 교수의 발명 고심담을 들으러 온다는 핑계로 자주 출입하게 된 백 선생은, 그 때부터 두수의 후원자가 되었던 것이다.

"두수 군은 새 학기에 성적을 올리기 위해서 내가 좀 가르

쳐 주지."

"저 혼자서 열심히 하겠습니다."

두수는 허겁지겁 백 선생의 호의를 사절하였으나, 곁에서 듣고 있던 나 교수가,

"백 군, 잘 부탁하네. 단단히 길 좀 들여 달란 말야."

하는 말을 듣고는, 비감한 표정으로 잠자코 앉았을 수밖에 없는 두수였다. 이 때, 퍼뜩 머리에 떠오른 것은 인숙이었다.

'옳지, 백 선생이 방을 빌려 쓰고 있는 인숙이 집에서 배우기로 하자.'

이렇게 마음먹은 두수가 얼른,

"선생님 댁으로 제가 찾아가서 배우기로 하겠습니다. 오시면 미안하니까요."

하였더니 백 선생은,

"괜찮다. 내가 오지. 소풍도 할 겸 두주 씨도 볼……."

하다가 질겁을 하고는,

"가, 가르칠 겸……."

하는 것이었다.

그 이튿날부터 약 일주일 동안 꼬박꼬박 출근하듯이 백 선생이 두수의 집으로 찾아왔다. 두수는 국어뿐 아니라 전 과목에 걸쳐 백 선생의 지도를 받았다. 괴로운 일이다. 모처럼 방학이 되었는데도 놀 겨를이 조금도 없다. 그랬는데 두

주 누나가 대전에 있는 할머니 댁에 놀러 간 뒤부터는 자연 발길이 뜸해졌다. 두수는 이 기회를 타서 계동에 있는 백 선생님 댁으로, 아니 인숙이네 집 뜰 아랫방으로 개인 지도를 받는다는 구실로 매일 찾아가기로 하였다.

　백 선생이 뜰 아랫방을 빌려 쓰고 있는 대신, 인숙이의 가정교사였던 때문에 두수는 인숙이와 같이 지도를 받게 되는 것이 매양이었다. 인숙이와도 너니 내니 하고 지낼 만큼 흉허물이 없어졌다.

　매일 보면 볼수록 인숙이의 얼굴은 아름다웠다. 나이는 두수와 동갑인 열여섯 살이지만, 새학기부터는 삼 학년이므로 여자고등학교에 갈 입학시험 준비로서 열심히 공부를 하고 있는 것이었다. 영어만 하더라도 자기는 영 알아 들을 수 없는 것을 인숙이가 배우고 있는데 자기는,

　"Is this a tent? Yes, it is."

　하고 있는 것이 자못 부끄러웠다. 여하튼 백 선생은 각 과목을 모두 다 가르칠 수 있을 정도의 실력가다. 그러나 다만 성경만은 담벼락처럼 캄캄하였다.

　KK 중학교에는 성경이란 과목이 있고, 성경은 교장인 허드슨 박사가 담당하고 있는 관계로 소홀히 할 수 없는 과목이다.

　그러나 성경만은 백 선생에게서 배울 수가 없었다.

　"백 선생님, 저 마태복음에 나오는……."

"뭐? 명태 볶음? 술안주 하기에 좋지."

 이런 백 선생이니, 성경에 관한 것은 무엇을 물어 보아도 캄캄한 절벽이다.

 성경을 제외한 다른 과목은, 백 선생의 친절하고 자상한 지도를 받은 보람이 있어 어지간히 흥미가 솟아나게 되었는데, 두수 자신이 생각해 보아도 이상한 일이었다.

 공부하기도 즐거웠지만 인숙이와 같이 있게 된 것이 무엇보다도 기뻤다.

 실력이 엄청나게 없는 것이 부끄러웠으나, 인숙이는 그런 것에 대해서는 무관심하고 대범하다. 적어도 그렇게 알았다.

 그런데 두주 누나가 대전 할머니 댁에서 돌아오자, 백 선생은 다시 동숭동 집에 가서 공부하자고 하였다.

 그 편이 두수에게는 편리하였지마는, 인숙이 없는 빈 방에서 끙끙거리며 공부할 자신을 생각하니 스스로가 퍽이나 애처롭게 여겨져서 못 들은 체하고 꾸벅꾸벅 인숙이 집으로 찾아가는 것이었는데, 이삼 일 전부터는 백 선생의 태도가 강경해져서 부득이 동숭동에서 배울까 하는 생각이 들던 참이다. 그렇게 되면 싫어도 하는 수 없이 인숙이와는 멀어질 것이다. 여기를 자주 찾아올 핑계도 없지 아니한가. 섭섭하다 못해 서글퍼지기까지 하는 것이었다.

 궁리에 궁리를 거듭한 끝에, 두수는 한 꾀를 안출해 내었다. 그것은 인숙이와 결의 남매를 하자는 것이었다. 동갑이

신진 인격자 81

지만 자기가 달로 치면 위이니 오빠가 되고, 인숙이를 누이동생으로 하려는 마음이었다. 몇 번이고 별렀으나 집에서 생각할 때에는 그럴 용기가 있음직하다가도 막상 인숙이를 대하고 보면, 먼저 얼굴부터가 붉어지고 입술은 화석이나 된 양, 굳어지곤 하는 것이었다.

오늘은 말하리라. 굳은 결심으로 두수는 계동으로 찾아갔다. 어릴 때, 예방 주사를 맞을 적에 자꾸 차례가 다가오는 것이 초조하고 가슴이 두근거리는 것과 마찬가지로 인숙이에게 어색한 말을 건네야 할 일을 생각하니, 심장의 고동이 뚜렷이 귀에 들릴 지경으로 가슴속이 가라앉지를 않는다.

'그러나 이것도 운명이다.'

이렇게 생각한 두수는 백 선생이 화장실에 나가고 잠깐 자리가 빈틈을 타서, 불덩어리라도 삼켜 버리는 마음으로 입을 열었다.

"저어, 인숙아."

"왜 그래?"

"저어, 우리, 우리…… 의남, 의남……."

"뭘 말이야?"

"저어, 이를테면 말이야, 우리가 결의 남매를 하게 되면 말이야……."

"어머나, 누가 결의 남매를 한대? 망칙두 해라."

"망, 망칙하긴…… 그러지 말고 의남매하자. 넌 오빠두 없잖니? 그러니까 내가 오빠가 되어 주겠단 말이거든."

"싫다. 그런 건 난 싫어."

"어째서, 왜 싫단 말이냐?"

"어째선 뭐가 어째서야. 여하튼 난 싫다. 오빠가 없으면 차라리 없는 편이 낫지, 난 정말 싫어."

"왜, 왜냐?"

"일 학년에서 낙제를 한 주제에…… 흥! 오빠가 다 뭐 말라 죽은 오빠야."

하며 인숙이가 샐쭉해서 돌아앉는다.

두수는 벌떡 일어서서 권투라도 하려는 시늉으로 두 주먹을 꼬나들고,

"뭐, 뭐라구? 낙제를 한 주제라고……?"

하고 뺨을 갈겨 주려고 할 때, 밖에 나갔던 백 선생이 방 안으로 들어섰다.

"앗! 두수 군, 왜 이러나?"

들었던 주먹을 떨어뜨린 두수는,

"백 선생님!"

하며 방바닥에 털썩 주저 앉았다. 그대로 꼬꾸라져 백 선생 가슴에 얼굴을 파묻고 소리내어 울고 싶은 심정이었다. 분하다. 억울하다. 기가 컥컥 막힐 지경이다. 인숙이가 사내만 같으면 이마빡으로, 코허리를 한번 보기 좋게 받아넘길

신진 인격자 83

것이지마는 대추씨 만한 것을 건드릴 수도 없는 것이어서 다시 벌떡 일어나서는,

"야잇! 대추씨, 병아리 오줌, 죽은 거미, 썩은 감자, 말괄량이⋯⋯. 내가 우등생이 될 터이니, 두고 봐라. 인격자가 될 터이니 두고 봐라, 두고 봐라."

하면서, 아랫입술을 발발 떠는 것이었다. 남의 여학생을 보고 병아리 오줌이니, 말괄량이니 하는 욕을 퍼부으면서 입으로는 인격자가 되겠다니, 대단한 인격자다. 사태가 심상

치 않은 것을 간파한 백 선생은 어쩔 줄을 모르고 쩔쩔매다가,

"왜 그러니, 너희들?"

하며 앉은걸음으로 두수 가까이 와서는 붙잡으려고 한다.

"선생님, 저희 집으로 가십시다. 저는 집에서 공부하겠습니다. 이런 더러운 집에 다시는 오지 않겠습니다."

"무엇이? 내가 사는 집이 더러운 집이라고?"

"아닙니다. 선생님이 사시는 집이 더러운 것이 아니라, 병

아리 오줌이 사는 집이 더럽습니다······.”
 하고는 침이라도 뱉을 듯이 인숙이를 노려보았다.
 "두수야, 너 무슨 말버릇이 그 모양이냐? 그게 선생 앞에서 할 말이냐?”
 노기를 띤 백 선생의 말과 함께 두수의 뺨에서 철썩 하는 소리가 났다. 백 선생이 따귀를 갈긴 것이다.
 어리둥절하여 슴뻑거리는 눈으로 백 선생을 쳐다보던 두수의 아랫입술이 씰룩씰룩 경련을 일으키더니,
 "선생님!"
 하면서, 백 선생의 무릎에 엎드리어 와아 하고 울음보를 터뜨리었다.
 "선생님, 분합니다. 저는 우등생이 되겠습니다. 인격자가 되어야겠습니다.”
 하며 흑흑 흐느끼는 것이었다.
 "오냐, 알았다. 그 결심을 잊지 말아라.”
 백 선생은 이렇게 말하며, 두수의 밤톨같이 영근 머리통을 쓰다듬는 것이었다. 동기는 무엇이었건, 어린 제자가 새 결심을 하는 엄숙한 장면을 보는 백 선생의 눈에도 구슬 같은 이슬이 맺힌 것을 두수는 보지 못하였다.

 ─그 이튿날부터 백 선생은 동숭동 두수의 집으로 아침 일찍이 나타나곤 하였다. 오늘도,

"여어, 신진 인격자, 예약 우등생 있나?"

하면서, 이층 두수의 방으로 백 선생이 올라왔다. 두수가 어째서 심기 일전하였는가에 대해서는 인숙이에게 들어서 알고 있는 백 선생이었건만 두수 앞에서는 조금도 아는 내색을 보이지 않았다.

그 일이 있은 후부터 승벽이 있는 두수는 매우 가슴에 찔리었던지 제법 열심히 공부하는 것이, 백 선생에게는 여간 기특하게 보이는 것이 아니었다. 그러면서도 한편 장난을 잊어버린 듯한 두수를 서운하게 생각하는 백 선생이기도 하였다. 얄개 두수가 얌전이 두수로 변하였다는 사실은, 옛날의 두수를 아주 잊어버린 듯한 허술함이었다. 얌전을 빼는 두수를 볼 적마다 백 선생은 가련하게도 보는 것이었다.

그러나 이 같은 백 선생의 생각은 두수를 잘못 보고 하는 것이었다.

처음에는 인숙이와 만나는 재미에서였고, 나중에는 인숙이에게 받은 모욕이 분하여서 열심히 시작한 공부였지만, 그래도 얄개는 어디까지나 얄개였다.

두수 편에서 본다면 오히려 백 선생이 기특했다. 두주 누나를 만나 보는 재미로 그런지는 몰라도, 매일 아침 일찍이 와 주는 백 선생이 무척 고마웠다.

오늘은 새벽부터 가랑비가 내리는 궂은 날씨인데도, 백 선생은 다른 날이나 마찬가지로 일찍이 찾아온 것이다.

하긴 오늘은 얄개가 별안간 철이 나게 된 것이 오로지 백 선생의 덕이라 하여, 두주 양의 솜씨로 된 요리를 대접하겠다고 어제 미리 약속한 날이기는 하였다. 그러나 비 오는 날인데 이렇게 일찍이 온 것은 이만저만한 정성으로는 못 할 일이다.

영어 공부를 한 시간쯤 하였을 때,

"백 군, 내려오게. 그리고 두수도 오너라."

하는 나 교수의 음성이 아래층에서 들려왔다. 백 선생은 몹시 기다렸던 것처럼,

"이따가 계속하자."

하고는 용수철을 퉁긴 양, 아래층으로 달려 내려간다. 층층대를 거의 다 내려갔을 때, 너무 바쁘게 서둘렀던 탓으로 한쪽 발이 미끄러지면서 엉덩방아를 찧게 되는 순간, 공교롭게도 쟁반에 크림 수프 접시를 받쳐 들고 지나가던 두주 양의 발목을 걷어차게 되어, 수프가 담긴 접시가 공중에서 한 번 재주를 넘고 백 선생 이마에 부딪쳤다. 동시에 수프가 엎질러져서 백 선생의 얼굴을 덮었다.

"앗, 뜨거워!"

수프로 찜질을 한 백 선생의 얼굴을 본 두주 양은,

"어마나……."

하면서, 도로 부엌으로 달려가 손수건을 물에 적시어 와서는 그것으로 백 선생의 뺨을 닦아 준다.

"데지 않으셨어요?"

"아아뇨."

"무척 뜨거웠겠는데요."

"좀 뜨겁지만 참을 만했습니다."

"아이, 어떡해, 미안해서······."

"괜찮습니다. 한 번 더 수프 벼락을 맞아도 좋겠습니다, 헤헷."

하며 백 선생은 눈까지 감고 두주 양이 하는 대로 내어 맡기고 있다.

"아이, 이상한 취미시네요."

"네, 저는 수프로 세수하기를 좋아한답니다, 헤헷."

"호호호······ 악취미시군요."

"악취미라도 좋습니다, 헤헷."

"헤헷이 뭐예요?"

"웃었습니다, 헤헷."

복도에서는 이 같은 교통사고가 일어난 줄도 모르는 나 교수는,

"뭣들 하는가, 빨리 오게."

하고 걱정을 한다.

"네, 곧 갑니다."

하고 일어선 백 선생의 와이셔츠는, 세계 지도를 생각나게 하는 야릇한 그림으로 물들어져 있다.

신진 인격자

―요리는 치킨(chicken)이었다.

약간 흥분된 심경으로 음식을 먹는 백 선생이 곁눈으로 두주 양의 얼굴을 흘끔흘끔 훔쳐보다가, 엉겁결에 나 교수 접시에 놓인 닭고기를 포크로 찍어 먹었다. 놀란 것은 나 교수다.

일껏 힘들여 끊어 놓은 고기를 잃어버렸으니까 말이다.

"여보게 백 군, 그건 내 걸세."

"하하하…… 실례했습니다. 앞으로 주의하겠습니다."

하며 열심히 칼을 놀리어 닭고기를 자르다가,
"매우 견고한 요립니다. 이런 음식을 먹는 데는 포크나 나이프보다는 장도리나 톱으로 먹는 편이 훨씬 낫겠습니다. 하여간 이빨이 보건 체조를 충분히 합니다, 하하……."
하고 곁눈질을 하는 찰나, 고기를 끌고 나온 포크와 나이프가 접시 가장자리에 이르자, 접시 한쪽이 번쩍 들리면서 밥이 튀어 올라 두주 양 얼굴 위에 떨어졌다. 두주 양의 얼굴은 눈 깜짝할 사이에 천연두 앓는 사람 형국이 되었다.

"애개개."

하는 소리와 함께 두주 양은 밖으로 뛰어나갔다. 망신살이 뻗친 날이다. 두 번씩이나 이런 실수를 하다니, 운수가 사나운 날이다. 두주 양으로 말하면 화가 잔뜩 났다.

'남이 모처럼 정성을 다해서 만든 음식을 견고하다느니, 장도리나 톱으로 먹는 편이 수월하겠다느니, 씩둑깍둑하다가 급기야는 밥으로 사람을 쳐?'

딴은 분해할 만도 한 일이다. 그런 줄 짐작하는 백 선생은 전전긍긍하여 편히 앉아 있을 수가 없었다. 백 선생의 초초감에는 아랑곳없다는 듯, 나 교수는 자꾸 술잔을 권한다. 또 한바탕 발명 고심담을 풀어 놓을 기세다. 식사를 마친 두수는, 이내 자리를 빠져 현관으로 나왔다. 비는 그저 보슬보슬 내리고 있다. 두수는 현관에 놓인 두주 누나의 파라솔을 쓰고 꽃밭으로 나와 화초에 흙을 돋우고 있었다.

방 안에서는 뛰어나간 두주 양이 아무리 기다려도 돌아오지 않으므로, 백 선생은 화장실에 가는 체하고 일어나서 집 안을 샅샅이 뒤지다가 마침내 꽃밭 앞에 있는 두주 양의 파라솔을 발견하게 되었다. 헐레벌떡 뜰로 나온 백 선생은 두주 양의 파라솔 뒤에 선 채 은근한 음성으로 이렇게 말했다.

"저, 두주 씨, 노여우셨어요? 노여우셨으면 용서하세요."

양산 속에서 두수가 듣자니 금세 웃음이 폭발할 것 같으나 꾹꾹 눌러서 참았다.

"……저, 제가 댁에 매일 오는 것두 두수 군의 공부를 살펴 주러 온다지만 실상은, 실상은…… 두주 씨를…… 아, 말 못하겠습니다. 두주 씨, 저를 용서하세요."

구슬픈 어조로, 여자 음성같이 지어 가지고 하는 백 선생이었다. 두수는 처음으로 들어 보는 백 선생의 음성이었다. 어디서 저런 음성이 나오나 싶었다.

"어째서 대답이 없으세요?"

음성의 가락이 더 한층 슬퍼진다.

두수는 웃음을 참으며 파라솔 옆으로 한쪽 손을 내밀었다.

"앗! 두주 씨, 용서하시는 표시죠? 감사합니다."

하며 백 선생은 파라솔 밖으로 내민 두수의 손을 잡았다.

"아아, 감사합니다. 아까는 정말 미안했습니다. 아아!"

두수도 간드러진 음성을 지어 가지고,

"뭘요, 괜찮아요."

하며 슬며시 파라솔을 한쪽으로 밀어 놓았다. 파라솔 속에 있는 것이 두수인 줄을 알자, 비를 맞아 가며 정성껏 한 대사가 공염불이었음을 깨닫는 순간, 눈이 둥그렇게 된 백 선생은 잡았던 두수의 손을 황급히 내치고는 뚜벅뚜벅 걸어서 안으로 들어갔다.

신진 인격자 93

—이런 것이 모두 지나간 학기말 방학 중에 생긴 일들이다. 이 일이 있은 뒤부터 백 선생은 정말 두수의 후원자가 되었다.

　생각해 보면 얄밉기 한이 없는 인숙이건만, 날이 가고 달이 지나갈수록 새록새록 생각나는 인숙이기도 하였다.

　인숙이가 생각날 적마다 두수는 이를 악물고 교과(敎科)에 파고들었다. 이렇듯 열심히 공부한 보람이 있어, 아득하던 것이 뽀얗게, 뽀얗던 것이 또렷하게, 학과 공부의 윤곽을 찾을 수 있게끔 되었다. 학교에 가기가 한결 재미있었다.

　그러나 성경 시간에는 자꾸 졸리기만 한다.

　바로 오늘 생긴 일이다. 오늘은 여섯째 시간이 성경 시간이어서, 두수의 교실에 들어온 허드슨 박사는 늘 하는 버릇대로 먼저 기도를 올리기 시작하였다. 눈을 감고 책상에 엎드려 꼼짝 하지 않고 약 십 분 동안이나 지내자니, 졸음이 올 것은 생리학의 증명을 기다리지 않고도 너무나 뻔한 이치다. 하물며 여름철 여섯째 시간임에랴.

　두수는 기도드리는 자세대로 엎드린 채 그대로 잠이 들어 버렸다. 얼마를 잤는지 모른다. 누가 어깨를 왈살스럽게 흔드는 서슬에 퍼뜩 눈을 뜨니, 허드슨 박사가 옆에 섰고 학생들은 한바탕 웃는다.

　주위 사방을 두리번거리며 둘러보고 난 두수는, 그때야 비로소 기도하다가 잠이 들었던 일이 생각나서 큰 소리로,

"아멘."

하고 외쳤다. 학생들의 웃음 소리는 한층 더 요란하게 일어났다.

'애송이 신입생 자식들이 웃긴 왜 웃어.'

하고 속으로 씨부렁거렸다.

"두수 학생, 지금 무엇 했소? 무엇 했소?"

허드슨 박사의 말이다. 두수는,

"기도했습니다."

하였다.

"두수 학생은 코 골며 기도하오? 학생 코 많이 골았소."

"네, 저는 늘 코를 골며 기도합니다."

"그런 것은 기도가 아니라 잠꼬대요."

두수는 아직 잠이 덜 깨어서,

"아아아."

하고 긴 하품을 하였다.

"두수 학생 하품하오?"

황급히 하품을 중지한 두수는,

"아아멘."

하고 고함을 질렀다.

"그게 무엇이오?"

"아멘입니다."

"그 사이 또 기도했소?"

"네, 기도했습니다."

"거짓말 마시오. 거짓말 자꾸 하면 죄 많이 짓는 일이요. 그렇게 하면 다시 낙제할 희망 많소. 두수 학생 또 한 번 낙제할 결심하였소?"

이 말을 듣자, 두수는 냉수를 끼얹힌 듯 등골에 소름이 오싹 끼치며 일시에 잠이 달아났다.

두수는 가장 자신 있는 영어 발음으로,

"노, 노, 노, 노, 노……."

하고 여남은 번 노를 외치는 것이었다.

분발

이번 학기에 들어서면서부터 두수는 점잖아졌다. 인숙이 앞에서 인격자가 될 것과 우등생이 될 것을 선언한 이상, 억지로라도 점잖지 않을 수가 없었다.

더구나 같은 교실에서 공부하는 동급생이라는 것들이, 아직 입가장자리에 젖딱지가 붙었을 것 같은 어린애들이고 보니, 초등학교 냄새가 모락모락 나는 애송이들과 더불어 짝지워 놓을 수는 없는 노릇이었다. 하는 짓, 지껄이는 수작이 모두 어리다. 따라서 두수는 늘 고립되어 있었다. 거기다가 백 선생까지 쌀쌀하기가 얼음장 같아졌다.

파라솔 속에 있는 두수를 두주 양으로 잘못 알고 그렇게나 힘든 대사를 던졌다가 단단히 창피를 당한 뒤부터는 동숭동 집으로 찾아오는 일도 없었고, 학교에서라도 가끔 두수와 만나게 되는 때면 퍽 데면데면하게 대하더니, 요즈음에 이르러서는 아주 서먹서먹해지고 말았다. 그 일이 두수에게는 여간 섭섭한 것이 아니었다. 이렇게 되니 저절로 친해질 것은 용호뿐이다. 낙제 동지, 유일한 벗이 용호였다. 신입생들은 아침마다 학교에 나오기가 매우 즐거운 모양이어서, 새벽부터 나와서는 까불고 지껄이고 하지만, 두수는 등교하는 일이 여간 고역이 아니었다. 선생님들 대하기가 거북했고, 이제는 진급해서 상급생이 된 동무들 보기가 부끄러웠다. 후원하던 백 선생은 싸늘하게 굴고, 아직까지도 보고 싶기만 한 인숙이와는 싸움을 하지 않았는가? 두희 누나와 매형을 찾아갈 면목도 없고, 또 골탕을 먹여 주었더니 만나기만 해 보라고 벼른다는데, 찾아가기는커녕 찾아올까 봐

겁이 나는 터였다. 교장 허드슨 박사는 두수를 잘 기억하고 있어서 걸핏하면,

"두수 학생, 장난 자꾸 하면 다시 낙제할 희망 많소. 또 한 번 낙제할 결심하였소? 한 번 더 낙제하면 일평생 죽도록까지 낙제하는 것이요. 계속하여 낙제하는 학생 퇴학시키는 것, 우리 학교 법률이요, 하느님의 뜻이요."

하고 어깨를 으쓱 치켜 세우는 것이었다. 무엇이든지 책임져야 할 문제는 하느님의 뜻으로 밀어 버리는 것이 박사의

버릇이다.

어찌 그뿐이랴. 생신날을 앞두고 대전에서 올라와 계시는 할머니까지도,

"두수야, 너 이번에 학교에서 낙지국 먹었다지?"

하시는 것이었다. 학교를 아마 설렁탕집쯤으로 아시는 모양이다.

"낙지국은커녕 오징어국도 못 먹었습니다."

"아아니, 분명 먹었다던데……."

"누가 그래요?"

"두주가 그러더라. 네가 낙지국을 한 대접 먹었다구……."

이러고 보니 누나도 적이다. 대적이다. 적당한 기회에 적당한 방법으로 한 번 보복을 하리라고 가슴속에 사려 넣었다. 아무리 인격자라도 공연히 자기를 해치려는 자를 가만히 둘 수는 없는 노릇이다. 자위책이요, 정당방위다.

둘러보니 주위에는 온통 적뿐이다. 산천초목마저도 비웃는 것만 같다. 이 허전함…… 이 안타까움……. 우울하고 답답한 심정을 억누르고 두수가 자주 상종하는 것은 용호였다. 용호까지 진급을 했으면 마음 붙일 곳이 하나도 없게 될 뻔하였다. 이런 여러 가지 고민 중에서도 두수를 못 견디게 괴롭히는 것은, 인숙의 그림자다. 그러나 그에게서 받은 모욕을 쓸쓸히 회상하면서, 이번에야말로 우수한 성적으로 진급해야 하겠다는 결심을 되풀이하는 것이었다.

두수는 점심시간에 용호를 눈짓해서 데리고 나와, 운동장 구석에 있는 느티나무 밑으로 갔다.

"왜 그러니, 두수야……?"

"의논할 일이 좀 있어서."

"뭘 말이야?"

"다름이 아니라, 우리가 일 학년에 남게 되지 않았니?"

"누가 남고 싶어서 남았다나?"

"어쨌든 머무르게 되지 않았느냐 말이야."

"말은 바로 해라. 낙제했지, 낙제, 낙제……."

용호는 무슨 벼슬이라도 한 듯이 떠들어 댄다.

"좀, 조용히 해라. 무슨 장한 짓이나 했다고 이렇게 수선이냐."

"장한 짓 아니면, 그렇지…… 낙제야 낙제지, 장원 급제를 했다는 말이냐?"

"잘했다, 잘했어. 아주 장하다."

"누가 잘했다니? 장하다니?"

"장하지 못하니까 거기에 대해서 의논을 하자는 거야."

"말해 보렴."

"이것 봐. 이번에 또 한 번 머무르게 되면 하느님의 뜻대로 퇴학이 된다고 허드슨 박사가 말하지 않더냐?"

"그래서……?"

"그러니까 머무르지 않도록 해야 할 것은 물론이지만, 성적을 올리지 않아서는 안 될 거야."

두수는 되도록 낙제란 말을 쓰지 않고, 대신 머무른다고 한다. 무던히도 골수에 사무쳤던 모양이다.

"물론이지."

"그래서 나는 생각했다. 무엇인고 하니, 진급 촉진 우등 기성회를 만들 계획이란 말이야."

"무척 긴 이름이구나. 진급하는 학생들은 모두 그런 회원인가? 그런 회를 조직했다가 만일 우등생이 못 되는 날에는 창피해서 더 망칙스러울걸."

"그런 생각이 틀렸다는 거야. 일단 맹세를 한 이상, 소원을 성취하지 못하는 때에는 한 번 죽음으로써 욕된 것을 씻어 버릴 각오라야 한단 말이야."

"뜻은 좋다마는 회원은 누가 되니? 너하구 나하구밖에는 낙제한 사람이 없지 않니. 전국적으로 동지를 모을 생각은 아니겠지?"

"물론이야. 회원은 너하구 나하구, 그리고 또……."

"그리고 또…… 누가 또 있다는 말이냐?"

"이번에 일등으로 입학한 정선이 알지? 지 정선 말이야."

"옳지, 알았다. 정선이를 꾀어 넣어서 시험 답안을 공동 제작하자는 게로구나."

"천만의 말씀이다. 너는 부정행위를 공동 제작이라는 점잖은 말로 하더라마는, 일 학년을 재탕하는 터에 부정행위를 한대서는 말도 안 된다. 실력으로 하자, 실력."

"말은 좋다마는 그놈의 수학이 실력으로 어디 되더냐?"

"안 하니까 못 하는 게지. 배 선생 같은 짱구가 하는 걸 우리라고 못할 리야 있니?"

"그럼 정선이는 약에 쓰니? 그 시골때가 다닥다닥 붙은 촌 뜨기를……."

"공부하는 방법을 배우자는 거야. 배우는 데야 촌뜨기면 어떻구 쫌보면 무슨 상관이냐? 불치 하문이라지 않니?"

두수는 반 담임인 한문 선생의 말을 빌려 또 한 번 문자를 썼다.

"불치 하문……? 그거 무슨 병이냐?"

용호는 의사의 아들이라, 귀에 익지 않은 말만 들으면 전부 무슨 병명으로 안다.

"병은 무슨 병, 들병? 빨병? 사이다 병? 도꾸리 병? 불치 하문이란 것은, 아랫사람에게 물어 보는 것을 부끄러워 하지 않는다는 말이다."

하고 한번 유식한 체를 하였다.

"정선이가 어째서 네 아랫사람이란 말이야?"

"그럼 윗사람이냐?"

두수는 못마땅하다는 듯이 반문하였다.

"무엇을 배우겠다면서 아랫사람이야? 아랫사람에게 배우는 법도 있나? 배운다면 윗사람이지."

"아랫사람에게 배우는 법도 있기에 불치하문이란 말이 생겼지."

"하하…… 딴은 그렇구나."

"그럼 너도 찬성이지?"

"물론이다, 찬성이다, 환영이다, 지지로다."

장난을 할 때나 공부를 할 적에나,

'물론이다, 찬성이다…….'는 용호의 입버릇인가 보다. 이 '물론이다, 찬성이다…….'와 때를 같이하여 오후 수업 예비종이 울렸기 때문에 두수와 용호는 교실로 향하면서,

"오후 첫 시간이 무어니?"

하는 두수의 말에,

"백 선생님의 국어야."

하고 대답하는 용호의 입이 비죽이 나왔다.

"또 자습이겠구나."

"자습 아니면 시 감상일 테지. 그런데 웬일이야, 요새 줄창 자습만 시키니……?"

"흥, 그걸 알면 용하지."

─실상 백 선생은 핑계만 있으면 자습이었다. 이전에는 그런 일이 없었는데, 신학기가 시작되면서부터 생긴 버릇이다. 자습을 계속하기가 미안한 때면 간혹 감상한다는 시가, 김소월의 '나보기가 역겨워 가실 때에는, 말없이 고이 보내 드리오리다…….'의 《진달래》나 '못 잊어 생각이 나겠지요.

그런 대로 한 세상 지내시구 려……'의 《못 잊어》 따위를 칠판에 써 놓고는 혼자서만 못내 흥겨워 눈물까지 흘리면서 악을 쓴다.

용호가,

"선생님, 우십니까?"

하고 물었을 때 백 선생은,

"아, 아니다. 하, 하품을 했다."

하고 대답하였다. 70명이나 되는 학우들이 다 몰라도 두수만은 짐작이 간다. 백 선생이 심란해하는 까닭이 두주에게 있는 것이 아니라, 두수 자신에게 있다는 것을 안다. 자기의 경솔한 행동을 혹시 누나에게 말하지나 않았을까? 따라서 나 교수도 알고 있다면……. 동숭동 나 교수 댁에서는 그것이 화제가 되어 자기는 웃음거리가 되어 있을 것이다— 이렇게 생각하는 탓이리라. 그러나 두수는 비 오는 날의 파라솔 일건은 혼자의 가슴속에 깊이 간직하여 두었을 뿐, 한 마디도 입 밖에 낸 일이 없다. 그런 사실을 백 선생에게 자연스럽고 싱겁지 않은 방법으로 가르쳐 드릴 길은 없을까 하고 궁리해 오는 두수였다. 경우는 다를지언정 사정은 마찬가지다. 두수 누나 때문에 받은 백 선생의 상처나, 인숙이 때문에 입은 두수 자신의 피해나 따지고 보면 매양 같은 것

이다. 두수는 어른스럽게 이러한 귀결을 지었다. 두수는 자신이 가지는 백 선생에의 호의를 몰라주는 선생이 야속했다. 알려 드릴 방법이 없을까, 무슨 묘책은 없을까, 하고 안타까운 마음으로 기회를 엿보아 오는 두수였다.

수업 종이 또 한 번 따르릉 울리었다. 느지막이 교실로 들어온 백 선생은 역시 기운이 없다.

"에에, 오늘은 컨디션이 몹시 좋지 않으니, 자습을 하도록 해라."

하고는 걸상에 몸을 던지고 시름없이 앉아 버린다. 이것이 상급생이면 얼씨구나, 하고 잡지책을 꺼내 읽는다든가, 혹은 편지를 쓴다든가 할 것이지마는, 아직도 땡땡이를 부리기에는 너무나 어린 애송이 일 학년들이다. 불평만만한 얼굴로 선생을 바라보던 학생들은 하는 수 없이 제각기 교과서를 내놓고 읽기도 하고 쓰기도 한다. 그러나 볕이 쬐는 오후, 점심 식사를 막 끝낸 때라 이삼십 분 동안을 쥐 죽은 듯이 고요히 지내자니, 복도를 지나오는 다른 교실에서의 강의하는 소리가 꿈속처럼 멀리 들리면서 졸음을 재촉한다. 모두 식곤증이 나서 나른한 몸을 가누지 못하다가 대부분 책상에 엎드려 잠이 들었다. 교실 안은 더욱 조용해져서 바늘 떨어지는 소리라도 들릴 만큼 괴괴적적하다. 이 때, 별안간 백 선생의 음성이 떡메로 독을 부수는 듯이 들리었다.

"여러분, 알겠소? 다 알았소?"

소스라치게 놀란 학생들이 벌떡 일어나 영문을 모르고 두리번거리다가 교실에 들어선 허드슨 박사를 보게 되었다.

두수와 용호만은 대중 없이 냅다 지른 백 선생의 고함이 무엇인 것을 알아차렸지마는, 다른 학생들은 알 턱이 없다. 갑자기 무엇을 알겠느냐고 묻는 말인지 어리둥절해 있다. 용호가 먼저,

"네, 잘 알았습니다."

하고 선생의 음성에 지지 않을 커다란 목소리로 대답하였다.

백 선생은 아직도 부족한 듯이 교실 안을 둘러볼 때, 두수는 얼른,

"저도 알겠습니다. 한번 외어 볼까요."

하면서 일어섰다.

"외어 보시오."

하면서도, 백 선생은 다소 불안한 듯한 표정이다. 두수는 벌떡 일어나서,

"남쪽 나라 십자성은 어머님 얼굴……."

어쩌고 하면서 유행가의 일절을 낭랑하고 유창한 음성으로 암송하고 자리에 앉았다.

"잘 외었소. 아주 훌륭하게 공부했소."

하면서 백 선생이 교장의 눈치를 살피는데, 허드슨 박사는 어떻게 들었던지 십자성이라는 말만이 대견해서 늘 들고 다니는 십자가의 모양을 한 메달을 만지작거리면서, 고요히 머리를 수그려 잠깐 기도를 한다.

"그러니까 제군은 늘 기억력을 길러 두어야 하오……."

백 선생은 신이 나서 하는 말이지마는 알아들은 사람은 하나도 없다. 어째서 기억력을 길러 두어야 한다는 것인지 도무지 종잡을 수가 없는 말이다.

"두수 군은 기억력이 매우 좋아졌소……."

백 선생은 칭찬인지 야유인지 모를 말을 던진다. 이때야말로 기회라고 생각한 두수는 다시 일어나서,

"네, 그런 것에 대해서는 기억력이 매우 왕성합니다마는, 파라솔 같은 것은 곧 잊어버립니다. 잊어버렸으니까 아무에게도 그런 말을 안 합니다."

하였다. 이 때, 듣고 있던 허드슨 박사가,

"두수 학생은 패러솔(parasol) 쓰고 다니오? 패러솔 쓰고 다니오?"

하고 훈육상 큰 발견이나 했다는 듯이 서두른다. 두수는 얼른 뜻을 알았다.

"아, 아닙니다. 엄브렐러를 씁니다……."

사람 좋은 허드슨 박사는 〈엄브렐러〉의 발음을 고쳐 준다. 이번에는 백 선생이 발음에 관한 이야기를 횡설 수설 늘어놓을 때, 시간이 끝나는 종이 울리자 교장과 함께 교실을 나가다가 힐끗 두수를 돌아보는 백 선생의 얼굴에는 감사와 감격의 표정이 떠돌고 있었다.

대전에서 일부러 올라오신 할머니의 생신을 내일로 앞두고, 두수는 아버지의 편지를 가지고 백 선생을 만났다.

편지는 어머니의 생신 축하를 겸하여 자동 안마기 완성 자축회를 가질 생각이니, 내일 저녁 여섯 시까지 와 달라는 초대장이었다.

그 이튿날, 백 선생은 퇴근하는 길로 백화점에 들러서 나 교수에게 드릴 담배 케이스와 그의 어머니에게 드릴 돋보기 안경을 하나씩 샀다. 이 때 얼른 생각난 것이, 이런 기회에 두주 양에게도 무슨 선물을 할 생각이 났고, 또 그렇게 하는 것이 조금도 어색하지 않으리라는 마음에서 화장품부로 내려가 거울이 달린 고급 콤팩트를 한 개 샀다. 그러고는 이 발을 하고 시간이 되기를 기다려서 동숭동 나 교수 댁까지 자동차로 달렸다.

이 때 두수는 〈낙지국〉을 먹었다고 할머니에게 고해 바친 두주의 보복 절차를 추진 중에 있었다. 어제 밤새도록 면도 칼로 분필을 긁어서 만든 가루를 모시 헝겊에다 보드랍게 쳐서 두주 양이 쓰는 분첩의 코티 분과 섞어서 놓았다. 그러고는 동정을 살피노라니, 부엌 일을 대강 마친 누나가 세수를 하고 들어와서 열심히 분필가루를 얼굴에 바른다. 두주 양의 화장이 막 끝날 무렵, 현관에 백 선생이 나타났다.

아버지인 나 교수는 기다리고 있었던 듯이 현관까지 마중 나가서 백 선생을 맞아들이며, 어째서 그 동안 적조했느냐고 핀잔조로 말하니, 백 선생은,

"학교에 바쁜 일이 밀려서 자연 그렇게 되었습니다."

라고 한다. 두수는 거짓말이라고 생각하였다.

교수의 자당에게 인사를 마친 백 선생은, 먼저 생신 축하의 선물 꾸러미를 내놓고, 다음에는 나 교수에게 발명품 완성 축하라 하여, 또 하나의 종이로 싼 상자를 내놓았다. 이 때, 백 선생의 주머니 속에 또 하나 무슨 상자가 들어 있는 것을 본 두수는,

'옳지, 저것은 두주 누나에게로 가는 것이로구나.'

하는 것을 직감하였다. 그러고 보니 슬그머니 심술이 난

다. 자기에게만 선물이 없지 아니한가?

'어디 두고보자.'

하는 앙심이 생겼다. 음식상이 들어오고 식사를 막 시작하려 할 때, 두희 누나와 매형인 황 국장이 들어왔다. 건강이 언짢으신 어머니까지 나오시고 얼굴에 분필가루를 바른 두주 누나도 들어와서 일곱 명 가족에 백 선생을 섞은 좌중은 화기애애한 가운데 식사를 마치었다. 가끔 흘겨보는 황 국장의 시선을 피하여 외면한 채 점잔을 빼는 두수였다.

이 때, 할머니가 별안간 생각난 듯이 백 선생을 가리키며,

"이분이 우리 두수 선상님이라지?"

하고 물으신다. 나 교수가 그렇다고 하니까 할머니는,

"낙지국이라기에 나는 무슨 국 국물인가 했더니, 그게 바로 낙방이랍디다그려. 우리 두수는 삼대독자인데 낙방이 돼서야 쓰겠수? 이 담엘랑은 아예 그런 짓 마우."

하고 시비조로 대드신다. 나 교수가 열심히 해설을 해서야 간신히 역정을 푸신다. 그러나 두수는 금세 먹은 밥알이 뱃 속에서 곤두서는 느낌이다.

두주 누나가 쿡 하고 웃지 않았는가? 두수는 대뜸 나 교수를 향하여,

"아버지, 얼굴이 희어지는 약을 제가 발명했습니다."

하였다.

"하하……잉크로 물들인 고추가루 말인가?"

하고 백 선생이 빈정거렸다.

"그런 게 아닙니다. 약효가 얼마나 나타나는지 다들 보십시오. 두주 누나의 칠판처럼 검은 얼굴이 저렇게 하얗게 되었습니다."

놀란 것은 두주였다.

"뭐라구? 네가 발명한 거라구? 내가 쓰는 분은 코티야, 코티……, 그리고 뭐가 어째? 내 얼굴이 칠판이라구? 아이, 분해."

"하하……. 코티구 코딱지구간에, 칠판이 아니고야 분필칠을 하나, 하하……. 코티인 줄만 알고 쓰겠다면 내가 얼마든지 제공할게…… 하하."

그 때야 깨달은 두주가 발끈해서 나가는 것을 방 안에 앉았던 사람들은 모두 웃음으로 환송하였다. 두주 양이 나가자, 허겁지겁 뒤를 따라나간 백 선생은 복도에서 두주 양을 붙잡고,

"이걸 쓰십시오. 제가 선물로 가지고 온 것입니다."

하면서 준비해 가지고 온 콤팩트를 내주었다. 두주 양은 그것을 자기 방에 던지고 곧 부엌으로 달려나와 세수를 하고 설거지를 시작하였다. 그릇 다루는 소리가 왈가닥 지끈하는 것으로 보아 어지간히 골이 난 모양이다.

두주 누나를 따라나섰다가 돌아온 백 선생의 불룩하던 호주머니가 납작해진 것을 보고, 과연 예상이 들어맞은데

분발 113

대하여서는 유쾌하고, 질투를 위해서는 매우 불만이었다.

　나 교수는 매우 만족한 듯이,

"하하……. 두수도 나를 닮아서 발명 재주가 있으려나 봐. 에에, 그러면 여기서 나의 발명품을 공개하기로 하자."

하면서, 옆에 놓여 있던 상자의 끈을 끄른다.

"그런데 미리 주의해야 할 것은, 이것이 아직 특허 신청을

수속 중이므로 절대 비밀을 지켜 주어야 한다는 점일세. 황 군은 아직 신문에 발표하면 안 되네. 알아듣겠나."

하면서 상자 속에서 꺼내 놓은 그 발명품이라는 것은, 기괴한 모양을 한 물건이었다. 나무로 된 조그마한 상자 옆으로 두 가닥의 긴 자루가 달려 있는데, 그 끝에는 주먹만한 추가 달려 있는 모양의 것이, 아령이나 쇠망치 비슷하다. 상

자 위에 휴대용 라디오 같은 손잡이가 있고, 뒤에 허풍선이 바퀴로 개조한 원판이 달려 있다. 이 원판을 누르면 쇠망치가 겨끔내기로 움직이어 두들기게 되는 기계다. 나 교수는 그 핸들을 잡고 둘러보이며,

"이 안마기를 발 재봉틀에 연결시키면 더욱 간편하고, 다시 전기 모터에 달면 자동적으로 작용을 하는 게야."

하면서 다시 상자 속을 뒤지더니, 두툼한 고무장갑 같은 것을 끄집어내서 쇠망치 대가리에 씌워 놓는다. 흡사 권투 선수가 막 공격을 개시하려는 모양이다. 백 선생은 전에 겪은 쓴 경험이 있으므로,

"선생님, 매우 유감입니다마는 저는 실례해야겠습니다."

하고 자리를 일어서려고 하였다.

"왜 그러나? 천천히 놀다 가지."

"저는 신경통이 있어서 한 군데 오래 앉았지를 못합니다."

나 교수는 무릎을 탁 치며,

"그것 참 잘 되었네. 이 안마기는 신경통, 류머티즘 치료에 공헌하려고 발명한 거라네. 안마기의 성능도 시험할 겸 내 무료로 치료해 줌세."

사람을 모르모트 대신 쓰려는 생각이다.

백 선생은 허겁지겁,

"아, 아닙니다. 저는 정도가 그렇게 심하지 않습니다. 다른 분으로 시험하시지요."

하였다.

"그럼 앉게. 천천히 구경하란 말이야."

백 선생은 꼼짝없이 붙들리었다. 하는 수 없이 주저앉은 백 선생은 나 교수가 핸들을 돌리는 대로 다듬이 방망이처럼 곧잘 움직이는 쇠망치를 피해서 멀찌감치 몸을 비켰다.

"자, 백 군, 신경통은 허리인가 등인가? 어서 사양 말고 내대게. 사양을 말란 말이야."

"그 기계가 좋긴 좋군요. 보기만 해도 신경통이 아주 달아나 버렸습니다."

하며 슬슬 뒷걸음질을 친다.

"황 군은 어떤가?"

"저는 신경통이 없습니다."

방 안을 둘러보던 나 교수는 제일 만만한 어머니를 보고,

"어머니, 허리를 고쳐 드릴까요?"

하고 벌써 칠 채비를 한다.

"손으로 말이냐, 그 쇠절구공이 같은 놈으로 말이냐?"

"이 기계로 하지요."

할머니는 불안하게 돌아앉는다. 나 교수는 열심히 핸들을 돌린다.

"흠, 딴은 좋구나. 아, 시원하다······."

할머니는 정말 시원한 듯이 눈을 가느스름하게 뜨고 벙글벙글 웃으신다. 거기까지는 좋았다.

그런데 할머니가 갑자기,

"아이구구구구……."

하는 비명을 지르면서 질겁을 하여 달아나신다.

"아이구, 그게 뭐냐? 까딱하면 허리가 아주 부러질 뻔했구나, 에이, 원 세상에……."

하시며 전신을 부르르 떤다.

"잠깐 기계가 고장난 모양입니다. 곧 고칠 테니, 기다려 주십시오."

"싫다, 난 싫어."

하면서 팔을 내젓는다. 쇠망치가 갑자기 힘을 주어 두드리기 시작하니, 거기에 맞고 견디어 배길 장사는 없다. 마치 철퇴에 얻어맞는 셈이다. 수선을 하느라고 쩔쩔매는 나 교수를 보다가 백 선생이,

"하하…… 자동 권투기라고 이름을 고치시지요?"

하니까, 황 국장은 치를 떨며,

"살인 안마기……."

하였다. 고장을 고치지 못한 채 손님들은 일어섰다. 불쾌한 표정으로 배웅하러들 나간 틈에 두수는 두주 방으로 가서 백 선생이 주고 간 선물 상자를 들고 나와, 할머니께 드린 선물 상자와 얼른 바꾸어 놓았다. 배웅 나갔던 식구들이 방으로 들어왔다. 두주도 얼른 자기 방으로 가서 선물 상자부터 끌러 보았다. 상자 속에서는 천만 뜻밖에도 돋보기 안

경이 하나 나왔다.

아까 백 선생이,

"이걸 쓰십시오……."

하며 주고 간 선물이 이것이었던가? 장난으로는 너무 심하다. 게다가 그 속에 쓴 글이 가관이다. 거기에는 분명한 글씨로,

'할머니에게.'

라고 적혀 있지 아니한가.

"사람을 어떻게 보고 이런 농담을 한담."

얼굴이 새파랗게 된 두주 양은 이를 빠드득 악물었다. 나 교수의 방에서도 이와 비슷한 일이 생겼다. 상자를 떼어 본 할머니가 콤팩트를 꺼내 들고 나 교수에게,

"이게 대체 무엇에 쓰는 거냐?"

하고 물었다. 그것을 본 나 교수는 어이가 없어서,

"콤팩트입니다그려."
하였다.
"무어? 곰방대? 이런 곰방대가 어디 있어……. 여기에 무슨 글이 있다. 이게 뭐냐?"
하며 내주는 종이를 본 나 교수는,
'사랑하는 그대에게.'
이렇게 읽고 나서 안마기에 골이라도 얻어맞은 듯이 머리를 절레절레 내흔드는 것이었다.

결심이 며칠 가나

할머니는 며칠을 두고 백 선생을 나무라시었다.
"원 세상에, 그래 날더러 분을 바르라구 분첩을 주다니. 그리구 뭐 어쨌다구? 지각없는 젊은이 같으니……."
하시던 것이, 〈지각없는 젊은이〉가 차츰 격이 낮아져서 마침내는 〈빌어먹을 녀석〉으로까지 악화되었다. 그러니 두수는 그 말이 듣기 싫었다. 게다가 백 선생이 할머니의 오해를 받게 된 원인은 깡그리 자기에게 있는 것이 아닌가? 자기 때문에 스승에게 욕이 돌아가게 하는 것은 민망한 일이라고 생각한 두수는 듣다 못하여 할머니에게 대들었다.
"그 무슨 말씀입니까? 백 선생님은 제 선생님입니다, 할머니."
"오, 너 말 잘한다. 네 선생이니까 할미한테 장난을 해두 괜찮다는 말이지?"
"그런 게 아니라, 그건…… 그건……."
"그건, 그건 뭐냐……? 내가 한번 보복을 해야겠다."
할머니는 복수를 해야겠다고 하신다. 나 교수나 두수가

언제나 복수 정신에 불타는 것은, 결코 우연이 아니라 조상에게서 물려받은 피의 유전인가 보다. 나씨 가문의 전통인가 보다.

"할머니, 보복은 제가 받겠습니다."

"어째서? 왜 네가 받는단 말이냐?"

"정성껏 보내 준 선물 때문에 제 선생님이 욕을 보신대서

야 되겠어요? 백 선생님은 할머니가 신식인 줄 알구서 선물을 하셨을 거예요."

두수는 자기가 선물을 바꾸어 놓은 것이라고 실토를 할까 하다가, 두주를 계속해서 굶겨 줄 생각이 나서 슬며시 이렇게 돌려 말했다.

"내가 신식인 줄 알구서……?"

할머니의 역정은 적이 누그러졌다. 실상 할머니는 신식을 좋아하신다. 그래서 집안에서도 신식 할머니라고 불렀고, 할머니도 당신을 신식이라고 자처하고 계신다. 영문학 교수의 어머니가 되어서 그런지, 영어도 많이 아신다. 무엇이든지 새로 듣는 말이면 기억해 두셨다가, 누구에게라도 물어서 뜻을 기어이 알고야 만다. 지난 설에 오셨을 때에도 어디서 들으셨는지 두주를 붙잡고,

"아가, 파마가 뭐냐, 파마가?"

하고 물으시었다.

"파마요? 퍼머넌트 말씀이죠? 그건 머리를 지지는 거예요."

"옳지, 지지는 걸 퍼머넌트라구 하는구나. 그것두 영어냐?"

"네."

그 다음에 신선로를 앞힐 때, 할머니는 새로 배운 영어를 실제로 응용하시었다.

"그 쇠고기는 바싹 퍼머넌트해라."

하시어서 집 안이 웃음바다가 된 것이다.

어제만 해도 두희 누나네 집에 다녀오신 할머니가 대뜸 나 교수를 붙들고,

"바이롱이 뭐냐? 뭣을 바이롱이라구 하니?"

하고 물으시었다.

"바이런이겠지요. 바이런은 유명한 시인입니다. 서양 이태

백으로 아시면 틀림없습니다."

 하는 나 교수의 설명을 듣고도, 할머니는 알아들으신 눈치가 아니었다. 왜냐하면 두희 여사 집에를 갔다가 두희 부군인 황 편집국장의 안내로 구경을 나가게 되었을 때, 두희 여사가 그 남편더러,

 "나일론이 다 해져서 신을 수가 없으니 어떻게 나가요. 하나 사다 주시지 못하구서……."

 하고 원망하는 소리를 들었기 때문이다.

 이 나일론을 바이롱으로 잘못 들으신 할머니였기 때문에 나 교수의 설명이 도무지 마땅하지 않았다. 발에 신는 것이고 또 해어지는 물건임은 빤한데, 서양 이 태백이야 신을 수도 없고 해어지는 물건도 아닌 터에, 하나 사다 줄 수는 더더구나 없는 노릇이 아닌가? 할머니는 다시 두주에게 물으셨다.

 "……바이롱이 아니라 아이론일 거예요. 아이론은요, 할머니, 다리미예요, 다리미. 서양 다리미."

 이번에도 할머니는 마음에 들지 않았다. 무슨 수로 서양 다리미를 발에다 신고 다닌다는 말인가? 다리미가 해어져서 거리에 나가지 못한다는 말도 도시 수상하다. 할머니는 두수에게도 같은 말을 물으셨다. 연구심이 여간 아니다.

 "두수야, 바이롱이라는 것이 뭐냐?"

 "바이롱이라구요? 바이올린일 겝니다. 악기 이름입니다. 서

양 깡깡이요."

 아무리 서양 사람이기로서니, 깡깡이를 발에 신고 다닐 수야 있나?

 "너 아버지두, 두주두, 너두 다 모르는구나. 바이롱이란 것이 그런 게 아닐 텐데……."

 "대체 그런 말을 어디서 들으셨어요?"

 "두희 집엘 갔더니 그러더구나, 바이롱이 해졌다구."

 "잠깐 기다리셔요. 전화를 걸어 보지요."

 이리하여 두수가 전화를 걸어서 조회를 하고 나서야 비로소 나일론 양말인 줄을 알았다.

 "할머니, 바이롱이 아니라 나일론인데요, 양말입니다."

 "양말? 서양 망아지……?"

 "망아지가 아니라 서양 버선요, 발에 신는……."

 할머니는 무릎을 탁 치시면서,

 "옳지 알았다. 버선이로구나. 그런데 서양서는 한 마디 말에 여러 가지 뜻이 있나 보구나. 이태백도 되구…… 그리구 다리미두 되구, 때에 따라서는 깡깡이두 될 뿐 아니라, 버선두 되구…… 지각없는 놈들 같으니라구……. 애야, 두주야, 내 나일론 좀 빨아 다우."

 하시고 버선을 벗는 할머니다. 이런 신식 할머니이니 당신을 신식이라는 것을 좋아하신다.

 "……내가 신식인 줄 알구서……?"

또 한 번 이렇게 외우신 할머니는 아주 노염을 푸신 듯하다.

"그러구 보니 그 백 선상이라는 위인이 아주 인물이 수수하더라."

〈빌어먹을 녀석〉에서 〈백 선상〉으로 돌아왔다.

"얘 두수야, 그 선생이 총각이냐?"

"그건 왜 물으셔요?"

"시집 보낼 딸 가진 집에서 총각 염탐하는 게 흉이냐?"

"시집 보낼 딸이 누구예요?"

"두주 말이다."

"만세!"

두수는 만세를 불렀다.

"기미년 삼일 운동이냐?"

"아닙니다. 백 선생 만셉니다."

—그날 저녁에 두수는 아버지를 졸라 정선이를 집에 같이 있도록 허락을 받았다. 그러나 그 허락을 받기까지에는 무척 힘이 들었다.

"비서까지 하나 거느리고 장난을 할 셈이냐?"

하시고 딱 잡아떼려는 것을, 정선이는 시골에서 온 수재라는 것과, 지금 하

숙을 하고 있는데 같이 있으면 좋겠다는 것을 역설하여 겨우 허락을 받았다. 그러고는 다음 날부터 정선이를 구스르고 위협하고 갖은 수단을 다 써서 하숙방에서, 동숭동 두수의 방으로 옮겨 오게 하였다. 같이 공부를 하고, 또 공부하는 방법을 배우려는 기특하고 갸륵한 생각에서 한 일이었으나, 그보다도 외아들로 자라난 두수는 지금까지 혼자 있던 방에 새 동무를 맞이하여, 달라진 분위기에 흥분이 되어 시시덕거리다가 자정이 가까워지자 아버지에게 야단을 맞고서 잠이 들곤 하였다.

  정선이가 공부를 하려 하면 두수는 간지럼을 시키고 방귀를 뀌고 하여 방해를 하였고, 잠을 청하면 종이 노끈을 꼬아서 귓구멍을 후벼 잠을 못 이루게 하였다. 정선이를 본받으려고 했던 노릇인데, 며칠이 못 가서 두수는 다시 옛날의 얄개로 돌아오고 말았다. 용호도 가끔 와서는 공부를 빙자하여 장난만 실컷 치고 돌아가기가 일쑤다. 달걀 껍질에 도깨비 화상을 그리고 속에다 반딧불을 잡아넣어서 변소 안에 놓아두기, 고양이를 잡아서 알코올 주사를 놓아 술 취하게 만들기, 두주의 핸드백 속에 기다란 용수철을 몰아넣어서 열기만 하면 튀어 나오게 해 놓기…… 등등, 새로 새 꾀가 샘솟듯 하는 두수였다. 그러나 아주 옛날과 같은 열등생은 아니였다. 공부에 어지간히 취미가 붙었는지, 모르고 지나가는 학과는 거의 없다. 그렇지만 우등생이 되기에는 아직도 전도가 창창하였다. 두수의 성적이 조금씩 나아가는 만큼 정선이의 장난 솜씨도 약간씩 늘어 갔다.

다시 말하면, 공부는 두수가 정선이를 닮아 갔고, 장난은 정선이가 두수를 닮아 갔다. 이리하여 어울린 둘은 공부도 잘하고 장난도 잘했다. 신진 인격자는커녕 장난에 있어서는 이전보다 한 술 더 뜬다. 어느 날 밤에 두수와 정선이는, 다 없어지기 전에 먹는다고 수박을 큰 것으로 두 통이나 사다가 널름 먹어 버렸다. 그러고는 소변을 보러 화장실 출입을 자주 하다가 마침내는 귀찮기도 하고 밤도 늦었으므로 창문을 열고 둘이 나란히 서서 밖에다 대고 깔겨 버렸다.

그랬더니, 갑자기 아래층인 아버지 서재에서 굵다란 음성이 들려왔다.

"두주야, 장독 덮으래두…… 소낙비가 오신다."

하는 것이었다. 그러나 두주가 잠을 깨지 못하는지, 아버지가 뜰로 나가시어 장독을 살피시며,

"이상한 일이로군. 금세 소낙비가 쏟아졌는데."

하시고는 별이 총총한 하늘을 우러러보시다가 갑자기,

"옳지, 이놈 두수야, 네가 한 짓이지?"

하는 바람에 두수는 문을 닫고 이불을 뒤집어썼다.

─공부하고 장난하다가도 틈이 나는 시간에는 조용히 생각에 잠길 수 있는 기회가 가끔 있었다. 이럴 적마다 인숙이의 생각이 모락모락 피어 오르곤 한다. 그렇게도 밉고 얄궂

게 여겨지던 인숙이가, 날이 가고 달이 지나 시간이 경과함에 따라 차츰 증오심이 스러지면서 그리워지기 시작하였다. 생각해 보면, 공부에 열심이 생긴 것도 그 직접 동기가 된 것은 인숙이었고 성적이 나아진 것도 인숙이에게서 자극을 받게 된 탓이니, 인숙에게 대하여 감사할지언정 미워할 이유는 없을 것이라는 마음이 생겼다.

　인숙이의 소행이 못마땅하기는 하지만 그것은 낙제생에게 대하는 태도이고, 이제 우등생이 되기만 한다면 허물이 벗겨질 뿐 아니라, 인숙이에게 호감도 사게 될 것이 아닌가?

생각이 여기에 미치자, 잠시도 앉아 배기지 못할 만큼 인숙이의 또렷한 얼굴 모습이 자꾸만 눈앞에서 아른거린다. 저녁 자리에 누워서는

'내일 아침엔 인숙이를 찾아가 만나 보리라.'

하고 마음먹어 보지만, 정작 아침이 되면 간밤의 공상은 무지개인 양, 솟아 오르는 햇빛과 함께 사라져 버리곤 한다. 며칠을 두고 이것을 되풀이하다가, 마침내 어느 날 아침 단단히 결심을 하고 깊숙한 계동 골목을 치달아서 인숙이의 집 앞까지 와서는 집 안의 기척을 살피며 대문 앞을 무수히

결심이 며칠 가나

왔다 갔다 하였다. 만일에 백 선생이 나왔다가는 만사는 끝나고 만다. 두수의 이와 같은 행동이 대문 바로 앞에 포장을 치고 복덕방을 지키고 있던 영감장이 눈에 수상하게 비치었는지, 눈을 곰살궂지 않게 뜨고 감시하던 노인이,

"학생, 학생……."

하고 부른다.

"왜 그러십니까?"

"왜 그러나마나, 아까부터 그 집 대문 앞을 어정거리구 있는 모양이 아무래두 수상쩍다. 신발이라두 얌생이해 갈 마음은 아니렷다."

"할아버지, 제가 그렇게 보여요? 그보다도 하나 여쭈어 보구 싶은 게 있어요."

"뭐야?"

"이 댁 사랑방을 쓰고 있는 백 선생이란 분이 계시지요? 아십니까?"

"안다."

"그분 나가셨어요?"

"아직 안 나갔다. 이 댁에 여학교 다니는 딸아기가 있는데, 그 애가 나간 뒤에두 한참이나 있다가 나가나 보더라."

"그 딸, 딸은 나갔

나요?"

"안 나갔다마는…… 헹, 그건 왜 묻니?"

하며 노인은 돋보기 안경 너머로 지그시 두수의 전신을 훑어 보는 것이다.

"아니…… 그저요."

"그저라……? 너 그 딸아기를 졸졸 따라다니는 녀석이 아니냐?"

"할아버진 왜 자꾸 저를 그렇게만 보세요? 제가 정말 그렇게만 보입니까?"

"보인다. 암, 보이구말구……."

이 때, 삐걱하는 대문 소리가 나기에 돌아보았더니, 김 인숙이가 책가방을 들고 나온다. 다행히 두수를 보지 못한 모양으로 두수의 앞을 지나서 걸어간다.

두수는 곧 뒤를 따라가다가 성큼 앞서서 걸으며 슬쩍 손수건을 꺼내서 길 위에 일부러 떨어뜨렸다. 인숙이가 자기를 알아보고, 떨어뜨린 손수건을 주워다 줄 것을 은근히 기대하여서 한 노릇이다. 그러나 두수가 한참이나 걸었어도 인숙이의 음성은 들려 오지 않았다. 조바심이 나서 뒤를 돌아다보니, 뒤를 따라올 줄 알았던 인숙이는 자취도 흔적도 없었다. 아마 자기 앞에 가는 것이 두수인 줄을 알자, 얼른 옆골목으로 새어 버린 모양이다.

인숙이가 뒤에서 자기의 전신 모양을 보고 있을 줄만 알고 모처럼 멋있게 걷느라고 애쓴 것이 수포로 돌아가고 말았다. 그 뿐만이 아니다. 두주 누나의 향수까지 몰래 훔쳐서 바른, 꽃무늬 있는 새 수건을 한길에 떨어뜨리고 오지 않았는가! 오고 가는 뭇사람의 발밑에 밟힐 가엾은 손수건을 구해야 한다. 아, 손수건의 위기!

"학생, 뭘 그렇게 찾구 있나?"

하면서 나타난 것은 아까 그 복덕방 할아범이다.

"뭘 떨어뜨린 게 있어요."

"뭘 떨어뜨렸어……?"

두수는 역정이 났다. 추근추근한 늙은이의 꼴이 밉살머리스러워,

"그건 알아 무엇하세요. 삭월세가 얼마구, 전셋방이 얼마구나 아실 일이지 웬 참견이세요. 남의 일에…… 쯧……."

하며 쳐다보니, 노인은 헹 하고 웃더니,

"그럼 참견을 아니 하지. 내가 손수건을 하나 주웠길래 묻는 말인데……."

한다.

"손수건요? 그건 제가 떨어뜨린 거니 주세요."

"여기에서 떨어뜨린 줄을 어떻게 아니?"

"왜 몰라요. 주세요."

"슬쩍 떨어뜨리구 한 마장이나 가기에 나는 소용 없어서 버리구 가는 건 줄만 알구서 그만 집어 넣었지."

"주세요."
"싫다."
"주세요……."
"싫어……."
열심히 승강이를 하는데,
"두수 군 아닌가?"
하는 백 선생의 음성이 등 뒤에서 났다. 좋지 않은 장면에 백 선생이 나타난 것이다.

"앗, 선생님 안녕하세요? …… 아무것도 아닙니다."
"아무것도 아니라니?"
"아무것도 아닙니다."
"그런데 어째서 여길 왔니?"
"저어, 선생님 모시러 왔습니다. 그러니 어서 가십시다."
하고 두수가 앞서려 할 때 영감장이가,
"잠깐 기다려, 학생."
하고 고의춤에서 손수건을 꺼내더니,
"아까 이 댁 여학생이 나오니까 학생이 슬쩍 떨어뜨리구 갔다가, 여학생이 모른 체하구 지나가니까 도로 쫓아와 찾던 손수건이 바로 이것이지?"
하며 백 선생과 두수 앞에 번갈아 손수건을 흔드는 것이

었다. 짓궂기가 이를 데 없는 늙은이다.

두수가 빼앗다시피 손수건을 낚아채어 가지고 돌아서는데, 등 뒤에서 늙은이의 걸직한 음성이 들렸다.

"하하하…… 나도 경험이 있다. 그런 건 구식이다. 구식. 이 도령과 춘향이 시절에나 쓰던 방법이야, 하하하……."

학교로 간 두수는 종일 분함을 참지 못하고 헐떡거렸다. 인숙이도 괘씸하지마는, 복덕방 할아범을 무슨 수단으로든

곯려 줘야 한다는 생각을 되씹고 있었다. 점심시간을 이용하여 두수가 용호와 함께 생물 표본실로 올라갔다. 이 방은 표본을 넣어 둔 장이 가득히 들어 있기 때문에 낮에도 어두컴컴하고, 또 인체 골격의 해골 표본들이 이 구석 저 구석에 들어서 있기 때문에 귀신이 나올 것만 같다. 그래서 문을 잠가 두지 않더라도 학생들이 가까이 가지 않는 곳이다. 학생들은 이 방을 복마전이라고 부르는데, 아닌게 아니라 밤이면 귀신이 나온다는 전설까지 있는 곳이다. 테이블에 용호와 함께 걸터앉은 두수는, 인숙의 괘씸한 소행을 말하고 보복할 작전을 의논하였다.

"인숙이가 누구냐?"

"백 선생이 가르치는 여학생인데 내가 좀 아는 아이야."

"네가 손수건을 떨어뜨렸는데, 주워 줄 생각은 않고서 짓밟고 갔다는 말이지?"

"그렇다니까……몇 번을 말해야 알아 듣겠니?"

두수는 짜증이 났다.

"알아는 들었지만 좀 의심스러운 점이 있어서 그런다."

"뭐가 의심스러워?"

"학교로 곧장 오지 않고 계동 골목에는 왜 갔느냐 말야. 손수건을 떨어뜨리려고 일부러 갔던 게냐?"

"그야 어쨌건 무슨 상관이냐. 복수만 하면 그만이지."

"어떤 방법으로……?"

"그걸 의논하자는 게야. 이것 봐. 저녁에 늦도록 인숙이는 사랑방에서 백 선생하구 공부를 하는데, 그 방에는 한길 쪽으로 난 창문이 있거든. 백 선생이 잠깐 자리를 비는 틈을 타서 그 창문을 이용하여 혼을 내주자는 게다."

"쉽게 될까?"

"물론 어렵지. 백 선생이 방해될 뿐만 아니라, 또 하나 강적이 있다. 누군고 하니, 그 집 바로 대문 앞 건너에 있는 복덕방장이야. 그 노인이 내 얼굴을 알고 있어."

"그야 내가 대신 가면 되지……. 그런데 무슨 좋은 방법이 있니?"

"응, 하나 있긴 해. 이 표본실로 온 까닭이 그거야."

"어디 말해 봐."

"이놈을 가지고서……."

하며 두수는 큼직한 해골바가지 하나를 집어 든다.

"이걸 그 창안으로 던져 넣잔 말이야."

"백 선생이 뒤에 이걸 보시게 되면, 우리의 장난인 줄 얼른 아실 게 아니냐?"

"흐흠, 그것두 그렇구나. 그러면 가만 있자, 이것을 작대기 끝에 달고서…… 그러자, 달고서 보이기만 하자."

"그것두 좋은데 너무 지독하고, 도구가 많이 들어서 거추장스럽다. 그러지 말고 간단하게 실행할 수 있는 방법을 택하자."

"글쎄……."

"옳지, 이렇게 하자. 도깨비 그림을 그린 가면을 만들어 가지고 그걸 쓰고서 방 안을 들여다보자."

"하하…… 그것 좋은 방법이다. 그럼 오늘 방과 후에 이 방에 와서 그림을 그리자. 옛날 성인께서도 착한 일은 빨리 하라고 하였다."

남의 여학생을 질겁하도록 놀라게 할 계획을 착한 일이라고 하니, 몹시 의심스러운 〈신진 인격자〉다.

 방과 후, 두 학생은 미술실에 가서 종이와 물감을 얻어 가지고 표본실로 와서는 열심히 가면(假面)을 그렸다. 완성된 가면을 용호가 써 보니, 주위가 밝은 낮인데도 간담을 서늘하게 하도록 무시무시했다.

 "됐다. 이거면 넉넉하다."

 하며 두수가 해골 표본에 씌워 보니, 한층 더 근사하다. 이 때 생물 선생이 올라왔다.

 "너희들 여기서 뭘 하니?"

 "가장 행렬에 쓸 가면을 만들었습니다."

 두수가 둘러대었다.

 "하필 왜 이 방에 와 일을 하느냐? 허락도 없이……."

 하며, 생물 선생은 위엄을 갖추고 나무라신다. 선생님이 올라오시는 소리에 놀라 표본장 뒤에 숨었던 용호가 얼굴에 가면을 쓴 채,

 "잘못했습니다."

 하며 썩 나섰다.

 두수 혼자만 있는 줄 알았다가 사람이 나서는 것도 놀라운 일인데, 얼굴에 쓴 가면을 보고는,

 "악!"

 하고 두수의 품에 안길 듯이 다가선다.

 "선생님, 진정하십시오. 왜 이러십니까?"

하고 위로랍시고 하는 두수의 말에 선생은 더욱 노하셨다.
 그날 밤, 두수와 용호는 안국동의 호떡집에서 만났다.
 "빵을 먹어라. 배가 고프면 싸움을 할 수가 없다."
 두수의 말이다.
 "화랑정신이냐?"
 "그렇다. 임전무퇴다."
 전쟁이라도 하려는 마음으로 임하니, 김 인숙이의 운명은 바람 앞에 등잔불 격이 아닌가!
 "생물 선생이 그렇게 놀라는 것을 보면 효과는 백 퍼센트일거야."
 하면서도 용호는 불안해서 가슴이 떨렸다.
 "너 떨고 있니?"
 "음, 그렇지만 너무 기뻐서 떤다."
 "하하하······."
 호떡을 열 개나 먹고, 두 학생은 계동 골목을 조심스럽게 치달렸다. 주위는 캄캄하다. 마치 적진에 뛰어든 수색대처럼 숨을 죽이고 인숙이 집 앞에 접근하였다.
 두수가 그렇게도 걱정하던 복덕방에는 불이 꺼지고 사람이 없는 모양이다. 영감장이는 어디서 막걸리라도 퍼마시고 있는지 모른다.
 두수와 용호는 창문 바로 밑에 전복처럼 착 달라붙어서 방 안의 동정을 살폈다.

인숙이가 백 선생과 함께 영어 공부를 하고 있다.
아무리 기다려도 백 선생은 좀체 자리를 뜰 것 같아 보이지 않는다. 삼사십 분 지나 끈질기게 기다리려니까 변소에라도 가는지 백 선생이 뜰로 나오는 미닫이 소리가 났다.
"됐다. 차안스다. 빨리 빨리……."
용호의 말에 두수는 얼른 가면을 꺼내서 얼굴에 썼다. 그러고는 용호 어깨 위에 말을 타고 일어섰다. 마음은 떨리고 몸은 흔들리어 잘 일어설 수가 없었다. 뒷걸음질, 앞걸음질, 옆걸음질로 비틀비틀하며 왔다 갔다 하다가 간신히 창문 앞에 와서 문턱을 붙들었다.
방 안을 들여다보니, 인숙이 혼자서 책을 들여다보며 아작 아작 사과를 씹어 먹고 있다. 사과 먹는 일과 책 읽는 일에 열중한 인숙이는 창문 쪽은 거들떠보려고도 하지 않았다.
원피스를 입고 단정히 앉아서 오물오물 사과를 먹는 인숙이의 모습은 그림처럼 아름다운 것이었다.
"두수야, 뭘 하구 있니? 빨리 해라."
"가만있어. 경치가 좋다."
"모가지가 부러지는 것 같다."
그 말에 두수는 인숙이의 주위를 끌려고,
"히히히……."
하고 웃으니, 인숙이가 창문을 바라보았다. 순간 안색이 달라지더니 손에 들고 씹어 먹던 사과를 도깨비 화상을 향하여 힘껏 던졌다. 수류탄 같은 사과가 두수의 이마빡에 명중하였다. 동시에 인숙이는 해죽이 웃으며,
 "두수야, 너 아직 이런 장난을 하니?"
 하며 다듬이 방망이를 집어 든다.
 이 때, 말이 된 용호의 목덜미를 잡는 손이 있었다.
 "이놈, 남의 처녀 방을 넘겨다보는 불한당 놈들 같으니!"
 하는 소리에 용호의 몸이 갸우뚱하자, 두수는 떨어지면서 손으로 누군가의 등 위에 업히었다. 그것은 복덕방 영감이었다. 등에 업힌 두수의 얼굴을 본 복덕방장이는,
 "으악!"
 하고 놀라 자빠졌다. 이 틈에 두수는 용호의 손을 잡고 토끼 모양 날쌔게 달아나는 것이었다.

행사의 달

빵 가게로 달려온 두수와 용호는, 비로소 안도의 숨을 몰아쉬었다. 싸늘한 밤공기 속을 달려왔건만 이마에는 땀방울이 송글송글 맺혔다. 손수건을 꺼내서 그것을 닦던 두수가 갑자기,

"아얏!"

하며 이마를 싸 쥔다.

"왜 그러니?"

하고 묻는 용호의 말에 두수는,

"아무것두 아니야."

하고 대답하였지마는, 실상은 아무것도 아닌 것이 아니라, 아까 인숙이가 던진 사과가 맞은 자리에 밤톨 만한 혹이 돋아 있었다. 그것을 모르고 손수건으로 문질렀기 때문에 비명을 지른 것이었다.

"두수야, 너 이마에 그거 뭐니?"

"아무것두 아니래두."

"너 그거 혹이 아니냐? 어디서 그런 것이 생겼니?"

그러나 차마 인숙이에게 얻어맞은 자리라고는 할 수 없다.

"혹이 아니라 뿔이다. 나는 기분이 몹시 좋을 때면 늘 뿔이 이마에 돋는 버릇이 있다."

하고, 정말 기분이 좋다는 듯이 억지로 히죽이 웃었다. 아무리 두수라 할지라도 얻어맞고 기분이 좋을 리는 없다. 그러나 암만 가까운 사이라 할지라도 체면은 지키지 않을 수가 없는 노릇이 아닌가? 그래서 뿔이라고 얼렁뚱땅 속여 넘기려고 했지만 좀처럼 속을 것 같지 않은 눈치다. 장난에 들어서는 용호도, 백전 백승의 명장(名將)이다.

"그것 참 이상하구나. 한번 만져 보자."

두수는 질겁을 하여 물러나 앉으며,

"만지면 안 돼. 보기만 해라."

하고 얼굴을 돌려대었다.

"이상한 혹, 아니 뿔인데…… 시퍼렇게 멍든 뿔이구나."

하며 손끝을 날렵하게 놀려 거기를 꾹 눌렀다.

"아이구구!"

"하하하…… 요 자식, 네가 날 속일려구. 이마빡에 나는 뿔을 어디서 보았니? 너 인숙이한테 얻어맞았구나. 아까 아얏 하던 순간에 생겼지?"

더 속일 수가 없어서 두수는 시인하였다.

"응, 자칫하면 다듬이 방망이에 본격적으로 맞을 뻔했다."

"그렇게 됐다면 기절을 했을는지두 몰라, 하하……."

"웃을 일이야? 그런데 너는 왜 모가지가 비뚤어졌니?"

"복덕방장이가 어떻게 뚝심이 센지 아직두 아프다."

"백 선생이 여섯 시 오 분 전이면, 너는 여섯 시 이십 분 전쯤은 된다, 하하……."

"누구 때문에 당한 부상이냐?"

"미안하다. 그렇지만 복덕방장이에게는 톡톡히 보복한 셈이 되었다."

"허지만 인숙이에게는 톡톡히 욕을 본 셈이 된다. 그냥 둘 수는 없으니 복수의 2회전을 해야겠다. 내 모가지에 부상을 입은 일이라든가, 네 이마에 달린 혹이라든가를 생각하면 가슴이 아프다. 무슨 짓을 해서라도 오늘의 욕을 씻어야겠다. 이순신 장군을 본받자, 을지문덕 공을 바라보자. 이리하여 힘을 기르고, 지혜를 닦아서 복수 전선으로 달려가자."

애꿎은 이순신 장군과 을지문덕 공이 동원되었다.

"그러자, 정의의 싸움에는 귀신도 돕는 법이다."

"그렇다, 옳은 말이다……. 그런데, 네 혹은 차츰 더 커지는구나."

"괜찮다."

"그 혹은……."

자식이 혹에만 관심을 가진다. 두수는 화제를 돌리어 넌지시 백 선생 이야기를 꺼내었다.

"아까 인숙이 집 창 밑에 숨어 있을 때, 백 선생이 중얼중얼 무엇을 암송하는 소리를 못 들었니?"

"못 들었다."

"내일 채플(예배) 시간에는 백 선생이 기도 인도를 하게 되어 있다. 그래서 그 기도 원고를 외고 있던 게야."

"그거 뉴스로구나. 내일 아침은 구경거리다."

두수와 용호는 가락국수 한 그릇씩을 먹고 각각 집으로 돌아갔다.

집으로 돌아온 두수는 분하고 억울해서 잠을 못 이루었다.

'고것이 어떻게 나를 알아보았을까?'

'담이 큰 계집애……'

'고게 나를 때렸겠다?'

'무슨 수단으로든지 단단히 곯려 주어야겠는데……'

이런 생각들이 꼬리를 물고 자꾸 머릿속을 맴돈다. 그러면서도 가면을 끌어다가 어루만지는 두수였다. 사과가 와 닿은 자리를 두수는 쓰다듬었다. 인숙이가 씹던 사과가, 인숙이의 이빨 자국이 난 사과가 맞은 자리다. 두수는 그것을 가슴에 껴안았다. 옆에서 자던 정선이가 눈을 뜨고,

"왜 자지 않고 그러구 있어?"

하는 것을,

"어린 자식이 뭘 안다구, 잠자코 잠이나 자."

하고 편잔을 주고 나서, 두수는 몸을 이리 뒤척 저리 뒤척

하면서 잠을 못 이루었다.

이상한 일이다. 미우면 미울수록 애틋하고, 쌀쌀하면 쌀쌀하기 때문에 더 보고 싶은 인숙이었다.

창 밖으로 보이는 이웃집 지붕에 찬 이슬이 내리고, 그것이 기우는 달빛에 반사되어 육중하게 빛나는 것을 보고 두수는 잠깐 잠이 들었다. 잠깐 잔 줄만 알았는데, 눈을 떠보니 방 안이 환하게 밝았다. 정선이는 벌써 학교에 갔다고 하지 않는가.

"나를 깨우지도 않고 먼저 가? 요 자식이 요즈음 좀 건방져졌어. 한번 치도곤을 안겨 줘야지."

하고 중얼거리며 두수는 조반도 못 먹고 허둥지둥 학교로 달려갔다.

학교에서는 지금 막 예배가 시작된 모양이다. 찬송가 소리가 들려 온다. 강당으로 살금살금 기어간 두수는 들어갈 기회를 엿보았다. 기회라는 건 다른 게 아니라, 기도를 하는 시간이다. 모두들 눈을 감고 있으니, 소리만 새지 않으면 트위스트를 추면서 들어가도 무방하다.

기도가 시작되었다. 두수는 발걸음을 죽이고 살살 기어 자기 자리로 갔다. 용호의 바로 옆자리다. 자리에 앉아서 눈을 감고 머리를 수그리니, 자꾸 졸음이 온다. 간밤에 잠을 못 잤는데다가 지금 달려왔기 때문에 몸이 노곤하다. 백 선생의 역사적인 기도를 꿈 속에서처럼 들었다. 무척 길다.

400자 원고지로 열 장 가까이는 됨직하다. 처음에는 매우 유창하게 되었는데 도중에서 고만 잊어버린 모양이다.

"······하여 주시기를 간절히 빕니다."

하고는 잠자코 섰다가 다시,

"······하여 주시기를 간절히 간절히 빕니다······."

원래 〈간절히 간절히〉는 다음 문구를 생각하는 시간적 여유를 얻기 위해서 뇌까리는 말이지마는, 백 선생의 경우에는 아무리 〈간절히 간절히〉를 되풀이하여도 다음 말이 나오지 않을 성싶다.

백 선생은 고장난 전축 모양으로 네다섯 번 이것을 반복하다가 또 한 번,

"······하여 주시기를······."

하였을 때, 용호가 별안간,

"간절히 간절히 빕니다."

하여 버렸다. 엄숙하고 경건해야 할 자리에 갑자기 웃음바다가 되었다. 새파랗게 독이 오른 허드슨 박사는,

"누가 했소? 누가 했소?"

하고 소리난 쪽을 바라보며 고함을 친다. 아리송한 꿈 속에서 그 소리를 들었던 두수가 고함 소리에 눈을 떠 보니, 교장이 자꾸 자기를 보며 누가 했느냐고 따진다.

영문을 몰라서 두리번거리다가 용호를 보니, 용호는 태연한 얼굴로 앉아 있다. 교장의 음성은 심상치 아니하다. 무엇

인지 모르나 혐의가 자기에게 온 줄로 두수는 깨달았다.
"누가 했소? 누가 했소?"
두수는 하는 수 없이 커다란 소리로 대답하였다.
"세례 요한이 했습니다."
강당은 또 한 번 웃음바다가 되었고 허드슨 박사의 노여움은 한층 더 높아졌다.
"두수 학생, 예배 끝나거든 교장실로 오시오."

하는 것이었다. 예배가 끝나자, 두수는 교장실로 불려 갔다. 용호는 무슨 악의가 있어서 한 것이 아니라 하도 답답하던 중에 얼떨결에 튀어 나온 말이었으나, 자기 대신에 잡혀 간 두수에게 벌어질 일이 궁금하고 딱해서 교장실 문 밖에서 방 안의 동정을 엿보기로 하였다. 허드슨 박사의 굵은 음성이 새어 나온다.

"두수 학생, 지은 죄 아시오? 예수께서는 예루살렘 성전에서 돈 바꾸는 사람들을 채찍으로 몰아낸 일 있소. 나도 오늘 성경 말씀대로 두수 학생 채찍으로 좀 때리겠소. 하느님의 뜻이니 달게 받으시오."

일이 위급하다. 열쇠 구멍으로 들여다보니, 허드슨 박사가 채찍을 든다.

용호는 보다 못해서 교장실 문을 열고 뛰어들어가며,

"선생님, 제가 했습니다. 두수에게는 죄가 없으니, 하느님의 뜻 제가 받겠습니다."

하였다. 성경은 과연 편리하다. 사람을 때릴 때에 쓰는 말까지 들어 있다. 평소에는 학생을 때리는 것을 마귀의 행동이라고 강조해 오던 박사가 손수 채찍을 꼬나드는 것으로 보아 어지간히 골이 난 모양이었다. 그러나 웬일인지 갑자기 테이블 위에 채찍을 놓으며,

"오우, 학생 이름 뭐요?"

하면서 용호의 어깨에다 털장갑 같은 손을 얹는다.

"김용호입니다."

"오, 용호 학생 매우 정직하오. 워싱턴은 정직했기 때문에 도끼로 벚나무 찍고도 아버지의 용서 받았소. 그리고 또 한 두수 학생은 남이 지은 죄로 대신 벌을 받고자 했소. 그것 십자가 정신이오. ······매우 착한 학생들이오. ······돌아가시오."

두수와 용호는 워싱턴 덕분에 매찜을 면하게 되었다. 여하

튼 도무지 불쾌한 일이다. 이것도 따지고 보면 전부가 인숙이 때문이 아닌가.

KK 중학교에서는 해마다 11월에서 12월에 걸치는 두 달 동안은 거의 수업을 전폐하다시피 한다. 뒤이어 행사(行事)가 계속 되는 때문이다. 11월이 학교 창립 기념의 달이기 때문에 모든 행사가 이 달에 모여 있다.

소풍, 운동회, 연극회, 음악회, 전람회, 웅변대회, 그리고 12월에는 성탄 축하 예배회에 계속해서 시험이 있다. 어느 행사 쳐 놓고 두수가 참견하지 않는 것이 없지마는, 소풍 가는 일만은 딱 질색인 두수였다. 지난번 일학기 성적이 껑충 뛰어올랐기 때문에 신이 난 두수는, 웅변대회에 나가려고 매형인 황 국장에게 써 달란 원고로 방과 후 늦게까지 교실이 떠나가도록 고함을 지르며 웅변 연습을 하는 참에 소풍이라고 한다. 말이 소풍이지 실상은 장거리 행군이다. 우이동까지 당일로 갔다 와야 하니 실로 고역이 아닐 수 없다.

이것을 면하려면 담임 선생님의 허락을 받아야 하는데, 두수네 반 담임 선생은, 고집불통이라는 별명을 가진 한문 선생님이다.

소풍 가기 전날 방과 후에, 교실에서 웅변 연습을 마친 두수는 뺑소니칠 허가를 맡으려고 교무실로 내려갔다. 내려가면서 가만히 궁리를 했다.

'뭐라고 할까……? 옳지, 감기가 들었다고 하자, 감기가 들

었으면 기침을 해야지. 암, 해야 하구말구……'

이렇게 작정하고는 교무실에 들어서면서부터 켁켁 하고 기침을 연발하였다. 한문 선생 앞에 가서는 더욱 심하게 기침을 했다. 벌써 먼저 온 애들이 있어서 차례로 심사를 받고 있었다. 지금 막 용호가 다리를 절뚝거리며 교무실 안을 빙빙 돌고 있는데 선생님은 돋보기 너머로 지그시 노려보고 있다가,

"용호는 안 된다. 가야 한다."

하고 버럭 소리를 질렀다.

"선생님, 저는 다리가 이렇게 아픕니다. 종기가 나서 수술을 했습니다."

하며 용호는 바짓가랑이를 치켜 올렸다. 과연 다리에는 붕대가 감겨져 있다.

"참말이냐?"

"참말입니다."
"그럼 붕대를 끌러라."
"끌르면 더 아픕니다."
"그런 법이 어디 있어, 끌렷!"

할 수 없이 용호가 붕대를 푸는 동안에도 두수는 연거푸 기침을 했다.

"이 녀석아, 시끄럽다. 좀 조

용히 해라."

한문 선생은 극히 사무적으로 하나하나 처리해 나간다. 용호가 붕대를 끄르는 사이에 벌써 두 명이나 퇴짜를 맞고 물러갔다.

붕대를 끄른 용호의 종아리엔 시꺼먼 고약이 발라져 있다.

"여기냐?"

하면서 선생이 만져 보려고 할 때,

"아야앗!"

하면서 용호는 한 걸음 물러섰다.

"이 녀석아, 만지기도 전에 벌써 아프단 말이냐? ……용호야, 저게 뭐냐, 저게?"

하고 선생은 창 밖을 가리키면서 고약 바른 자리를 누른다.

"어디 무엇 말씀입니까?"

용호는 무심히 창 밖만 내다본다.

"아프지 않으냐? 내가 지금 만졌는데."

"아야앗!"

"예끼 이놈, 지금 만지는 게 아니라 벌써 만졌어……. 너희 집은 병원이지?"

"그렇습니다."

"너도 가야 한다. ……다음은 두수 차례, 너는 뭐냐?"

"감기가 들었습니다."

"감기쯤은 괜찮다."
"아닙니다. 폐렴인지도 모릅니다."
 그러면서 두수는 자꾸 기침을 한다.
"지금까지 교실에서 웅변 연습을 한 게 너지?"
 두수는 말문이 막히었다.
"아까까지두 고래고래 고함을 지르던 녀석이 갑작스레 기침은 무슨 기침이냐?"
"급성 폐렴인지도 모르겠습니다. 선생님께 전염될 염려가 있으니, 좀 물러서겠습니다."

하였을 때, 교무실 문이 열리며 또 기침을 하면서 들어오는 학생이 있었다.

"또 폐렴쟁이가 들어오는구나. 그래라, 둘이서 서로 기침을 하되, 기침 잘하는 학생을 면제시켜 주마. 자, 기침 시합을 시작해라."

그러나 한문 선생이 밉살스러워서 두수는 그냥 나와 버렸다. 아버지가 발명한 자동 안마기로 단단히 혼을 내드리고 싶은 선생님이다. 이 선생이 흥이 나거나 골이 나면 틀니가 송두리째 튀어 나오는 수가 있다. 거기에 맞았다가는, 이번

에는 혹 정도가 아니라 이마가 아주 터질는지도 모를 일이어서, 두수는 얼른 후퇴하였다.

　이제는 천운에 맡기는 수밖에 없다. 이튿날, 억수장마가 내리라고 진심으로 기도하면서 집으로 돌아왔다. 그러나 두수의 기도는 아무 효험도 없이 다음 날은 하늘이 새파랗게 맑고 높았다.

　학교로 나가 우선 용호를 불러 가지고 학교 정면 현관으로 간 두수는, 교직원들이 직원회 하는 틈을 타서 출발 시간의 지연작전을 꾀하였다. 현관에 있는 신발장에는 신발을 한 켤레씩 넣도록 칸을 막은 것이 거의 백 개나 된다. 거기에는 여닫이 뚜껑이 달려 있고 뚜껑 위에는 70명 가까운 교직원의 이름이 하나하나 적혀 있다. 두수는 용호의 협조로 이 속에 든 신발을 하나씩 뽑아서 다른 칸의 것과 바꾸어 넣는 것이었다. 그것도 한 켤레씩 바꾸어 넣는 것이 아니라, 한 짝씩 어긋 맞추어서 이 칸의 것을 저 칸으로, 저 칸의 것은 이 칸으로 옮겨 넣는 것이었다.

　이 일을 다 끝마쳤을 무렵에, 학생 집합 종이 울렸다.

　선생님들은 모자를 쓰고 곧 출발할 양으로 현관 쪽을 향하여 걸어오신다.

　두수와 용호는 먼 발치로 이 광경을 구경하고 있었다.

　선생님들은 신발장 문을 열고 꺼낸 신발이 자기의 것이 아닌 줄 알자, 차례차례 뒤지기 시작한다. 그러나 혼자서 찾는 게 아니라, 70명이 한꺼번에 달려들어 찾는 것이니까 서로 붐비고 혼란을 일으켜 쩔쩔매신다. 마치 만원 된 버스 속의 형국이다. 한참 만에 겨우 한 짝을 찾으면 아직도 남은 한 짝의 소식이 깜깜하다. 서로 밀치고 볶이고 하다가 왜 밀치느냐는 시비까지 생겨서 부대끼기를 30분, 그러자 한 분이 꾀를 내기를, 신발 전부를 꺼내서 현관에 벌여 놓고 각기 자기의 것을 찾아 신자고 하였다.

 이리하여 신발은 고물상처럼 시멘트 위에 쏟아졌고, 선생님들은 쓰레기를 줍는 듯이 그 속을 헤맨다. 자기의 것이 아닌 신발은 발길로 차서 밀어 놓는 이도 있다. '왜 차느냐.'고 말썽, '왜 짓밟느냐'고 시비, 게다가 늘 신고 다니는 낯익은 신발이 아니라, 먼 길을 걷는 데 간편하라고 새로 운동화를 사서 신고 오신 선생님이 태반이니 쉽사리 찾아 낼 도리가 없다. 어림짐작으로 전 직원이 신발을 찾아 신는 데까지가 20분―노기를 띤 선생님들이 흥분하신 얼굴로 운동장에 나오셔서 훈시하고 책망하시는 시간이 3, 40분은 걸렸으리라. 허드슨 박사는 울상이 되어 가지고 누구의 장난인지 고백하라고 열심히 추궁하지마는 두수는 얼굴에 돋은 여드름 하나도 까딱없다. 겁을 집어먹은 용호는 두수더러,

 "정직하게 자수할까?"

 하고 귓속말로 하였지만 두수는,

 "이번에는 워싱턴도 소용없다. 드러나면 영락없이 퇴학일

행사의 달 161

뿐일 테니, 꼼짝 말고 있거라."

하는 지령을 내렸다. 두수는 흥얼흥얼 콧노래까지 부른다. 과연 오도리티다. 엑스퍼트다. 관록이 여간 아닌 것이다.

이리하여 시간이 많이 경과하였을 뿐 아니라, 흥이 줄어들어 출발은 하였지만 목적지인 우이동은 가지 못하고 정릉에서 놀고 돌아왔다. 그러나 이 문제는 그것으로 끝나지 않고 그 뒤에도 계속하여 범인을 잡으려는 눈치였으나, 두수의 태도는 태연하다. 그는 웅변 대회에 가지고 나갈 《정직하자》라는 제목으로 연습만 하고 있는 것이었다.

웅변대회 날이 왔다. 두수는 용호와 미리 짰다.

"내가 나가서 연설을 하다가 책상을 한 번 칠 적마다 잘한다라든가 옳소 하는 고함을 지르면서 박수를 쳐라. 청중이라는 건 의외에도 미련한 것이어서 남이 박수를 치면 따라하는 거야, 알겠니?"

"그러자. 상을 타거든 같이 나누어야 한다."

"물론이다."

이런 약속을 하고 회장으로 나간 두수는, 연사석에 의젓이 앉아서 차례가 오기를 기다리었다. 두수의 차례는 아홉 번째다. 처음 두시니 사람이 할 때에는 장내가 픽이나 조용하고 긴장한 공기 속에서 순서가 진행되더니, 대여섯 명째부터는 소란하고 매우 질서가 문란해졌다.

이윽고 두수의 차례가 왔다.

"다음은 중학교 일 학년을 대표해서 나 두수 군의 웅변이 있겠습니다. 제목은 《정직하자》!"

사회자의 소개에 이어서 두수가 단 위로 올라가자, 흥이 줄었던 강당 안은 아연 긴장을 띠면서 우레 같은 박수가 터져 나왔다. 과연 우리 두수 군은 아직도 학교에서 인기가 높다. 상급생 중에서는 발을 구르는 자까지 있었다. 점잖게 인사를 하고 나니, 어쩐지 좀 쑥스럽고 겸연쩍어서 관중을 향하여 히죽 웃었다. 청중들은 따라 웃으며 또 박수를 퍼붓는다. 이런 줄 알았더라면 구차스럽게 용호에게 그런 부탁을 아니 해도 좋았을걸 하고 뉘우침도 없지 않았다.

두수는 대뜸
"여러분!"
하고 고함을 쳤다. 좀 어색하다. 도대체 뭐가 여러분이란 말인가?

그렇지만 마음을 도사리고,
"여러분은 아직 내가 입 한 번 벌리기도 전에 박수를 치셨습니다. 이것은 정직하지 못한 행동입니다."
하였다. 박수갈채가 또 한 번 나왔다.
"우리 사회에 도장을 찍는 데가 많고 각종의 증명서가 범람하는 것은 정부가 국민을, 국민이 정부를, 혹은 국민과 국민이 서로 믿지 못하는 때문입니다. 다시 말하면 정직하지 않기 때문입니다……."

하고 테이블을 탕 하고 때리니 용호가,

"잘한다!"

하고 악을 쓴다. 익살을 섞어 가며 하는 두수의 웅변은 만좌의 인기를 독점하면서 5, 6분 간은 무사히 지냈다. 절반쯤 진행되었을 때, 갑자기 아랫배가 이상하더니 뱃속의 가스가 밖으로 나가려고 요동을 시작하였다. 방귀라는 것이다. 형세가 자못 급하다. 이런 때일수록 냉정하게 머리를 쓸 줄 아는 두수였다.

'옳지, 책상을 치면서 그 소리와 함께 가스를 외부로 방출하리라.'

이렇게 마음먹고,

"······이래도 여러분께서는 정직하지 않으렵니까!"

하고 테이블을 치면서 가스를 발사하려던 참인데, 타이밍이 잘 맞지가 않아서 테이블을 두드리는 탕 하는 소리가 난 뒤에 곧 계속해서 〈뽀옹〉 하는 얌전한 소리가 났다.

용호는 멋도 모르고 책상을 쳤으니 약속한 대로,

"잘한다."

하고 고함을 지르면서 박수를 한다. 해석에 따라서는 방귀를 뀌는 것을 잘했다는 말로도 들렸다. 누가 지르는지,

"매우 정직하다."

하는 소리와 함께 웃음이 폭발되었다.

두수는 그만 혼이 나갔다. 이야기의 갈피를 찾을 수가 없

게 되었다.

이 때에, 또 별안간 누가 사진을 찍는지 플래시로 마그네슘 터뜨리는 소리가 펑 하고 났다. 청중 중의 한 사람이,

"이건 또 무슨 소리냐?"

하는 고함을 내질렀다. 실상 두수도 놀랐다. 번쩍 하는 섬광과 함께 펑 하는 소리가 나고 동시에 연기가 풀썩 하고 나는 모양이, 사진에서 본 원자탄 폭발 시험의 광경 같은 착각이 일어나서 이제는 웅변 내용의 기억은커녕 지금까지 무엇을 지껄이었는지도 까맣게 잊어버려 갈피를 찾을 도리가 없었다. 두수의 웅변은 마치 막대기를 빼앗긴 장님의 꼴이었다.

"……이 어찌 통탄할 일이 아니겠습니까!"

하고 테이블을 치는 데까지는 알겠는데, 그 다음을 알 수가 없었다. 노래를 부르다가 곡조를 잊어버렸을 때, 처음부터 다시 불러 보면 생각이 나던 경험을 살려 두수는 또다시,

"……이 어찌 통탄할 일이 아니겠습니까!"

하고 테이블을 두드렸다. 그러자 용호가 느닷없이,

"옳소!"

하고 소리를 지른다. 이렇게 또 한 번 했어도 두수는 계속 생각나지 않아서 다시 반복하지 않을 수 없었다.

이 한 마디를 되풀이할 적마다 두수는 으레 책상을 쳤고,

책상을 쳤으니까 용호는 약속한 바를 충실히 이행하여 옳소! 잘한다! 하고 계속해서 악을 쓰는 것이었다.
"탕."
"옳소!"
"탕."
"잘한다!"
이것을 되풀이하다가 두수는,
"아멘."

 하였다. 이제는 끝났다는 신호인 모양이나, 용호는 백 선생의 기도 생각이 났다.
 '간절히 간절히 빕니다.'를 줄기차게 외던 백 선생은 아멘도 없이 끝냈지마는, 두수는 기도가 아닌데도 불구하고 끝낼 때는 아멘으로 마치었다.
 ─이런 창피를 당하고도 두수는 다시 운동회날 응원 대장으로 나갔다. 청·백 양 진영으로 갈린 경기에 백군의 응원을 지휘, 총괄하는 직책이다.

흰 수건을 머리에 동여매고 손에 메가폰을 든 다음, 호령대 위에 나가서 응원가도 시키고 박수도 시키며, 때로는 춤까지 덩실덩실 추는 역할이다. 춤을 추다가 우연히 스탠드 위를 바라보니, 앗! 거기에 낯익은 얼굴—꿈에도 잊지 못하던 인숙이가 와 있지 아니한가. 미우면 미울수록 감정이 솟아나는 인숙이가 아니던가.

 두수는 신바람이 나서 춤을 추다가 그만 실수해서 호령대 밑으로 굴러떨어졌다. 넘어졌다가도 그냥 일어나지 않는 두수는 수건을 벗어 버리고 스타트 라인으로 달려나갔다 내빈 한 사람씩을 끌고 운동장을 한 바퀴 도는 경주다. 출발 신호의 총 소리와 함께 그는 스탠드로 줄달음쳐 인숙이의 손을 덥석 붙잡고 운동장으로 나왔다. 뭇사람이 보고 있는 가운데에서 몸부림을 치는 것이 더 한층 창피스러운 일이라 깨달은 인숙이는 두수 손을 잡고 운동장을 달린다.

 박수와 갈채 속에 두수는 인숙이를 끌고 달음박질을 계속 하였다.

 —맑게 갠 늦가을의 하늘은 바닷속처럼 푸르기만 하다.

선생 알개

 행여 놓칠세라, 인숙이의 손을 꽉 잡은 채 운동장을 달리는 두수는 구경꾼이 많건만 천하에 부끄러울 것이 없었다. 신발에 오토바이 바퀴를 달아 놓은 듯이 기운이 부쩍 난다. 신바람이란 말이 과연 이런 때 쓰는 말인가 싶을만큼 신발에서 바람이 일어날 지경이다. 이 광경을 본 용호는 스탠드 위에서 진심으로 응원을 보냈다.
 "달려라, 두수얏!"
 용호의 목소리가 두수에게 들릴 리는 만무하지만, 두수는 선두에 서서 달리고 있다. 인숙이도 이제는 단념했는지, 두수와 보조를 맞추어서 다리를 재게 놀리기에만 열중하는 모양이다. 용호는 자신의 일처럼 기뻐 날뛰었다.
 "아, 일착."
 감격과 흥분에 넘친 용호는 무의식중에 바로 앞자리에 앉은 이의 모자를 벗겨서 동댕이쳤다.
 "아, 이 녀석이 무슨 짓을 하노?"
 하는 고함 소리를 듣고야, 그 모자의 주인이 학급 담임인 한문 선생인 줄을 알았다. 이런 자리에 선생님이 와 앉았으리라고는 생각지 못한 용호였다. 선생님들은 각각 맡은 부서가 있어서 스탠드에는 계시지 않았기 때문이다. 한문 선생이 용호네 반 담임이 된 것도 제일 고분고분한 것이 일 학년이었기 때문에, 나이가 많은 분이라도 넉넉히 통솔해 나가리라는 학교 당국의 생각이었고, 이런 행사 때에 부서를 맡기지 않는 것은, 연로하신 분에 대한 대접이 그 하나요, 둘째로는, 고집 불통인 성격 때문에 작년 운동회 때에 손님과 싸움을 하였으므로 금년에는 무임소 장관격으로 스탠드에서 구경만 하고 있도록 마련된 한문 선생이었다. 대머리가 벗어졌기 때문에 혹시 바람에라도 모자가 날아갈까 봐 꾹꾹 눌러 쓰면서 앉았던 차에 난데없이 그걸 벗겨 동댕이치니 어지간히 화가 날 만도 하다. 두 손으로 대머리진 정수리를 움켜잡고,

"빨리 가져오지 못해?"

하는 말을 듣고야 모자의 행방을 살피니, 이것은 또 웬일! 던져 버린 모자가 공교롭게도 앞자리에 앉아 있는 교장 부인인 미시스 허드슨의 머리 위에 얹혀 있지 아니한가. 허드슨 부인은 엿장수 할아범의 벙거지 같은 모자가 머리에 놓인 줄을 모르는 모양이다. 용호는 슬금슬금 기어가서 뒤로 모자를 집어 들었다. 슬쩍 벗겨 올 생각이었는데 불행이란 계속되기 마련인가.

모자가 허드슨 부인 머리핀에 걸려서 벗겨지지 않는다. 억지로 쳐드니, 미시스 허드슨 머리가 모자에 딸려 올라오며,
"누구요? 내 머리를 뽑는 사람 누구요?"
하면서 허풍스럽게 눈을 데굴데굴 굴린다. 용호는 질겁을 해서 힘을 주어 낚아챘더니, 모자는 벗겨졌으나 대신 할머니의 비명이 일어났다.
"오우! 오우! 이 학생, 이름 무엇이요?"
기절이라도 할 듯이 서두르는 노파의 말에 놀란 용호는 엉겁결에,
"워싱턴이오."
하고는, 학생들이 허리를 잡고 웃는 사이를 지나 한문 선생에게로 왔다.
"용호 이놈, 용호 이놈."
하고 이번에는 한문 선생이 역정을 낸다.
미국 할머니에게 봉변당한 용호는 다시 한국 할아버지에게 욕을 보게 되어 모자 전달식만 끝내고 이내 그 자리를 빠져서 스탠드를 내려왔다.
이런 일이 있는 동안, 두수는 유유히 부끄러워하는 인숙이와 함께 본부석으로 와서 허드슨 박사로부터 상을 받았다.
"두수 학생, 그 여학생 누구요?"
허드슨 박사가 의아하다는 듯이 이렇게 물었을 때 두수

는,

"저의 애인…… 아니, 누, 누이동생…… 시스터, 시스터 올시다."

하였다. 한국말과 영어로 동생이라고 하니, 신앙이 돈독한 박사는 그대로 믿어 버리었다.

"오우, 활발하고 아름다운 여학생이요."

하며, 박사는 호주머니에서 만년필을 뽑더니,

"이것 내 선물이요. 학생, 하느님 잘 믿으시오."

하고 서슴지 않고 내어준다. 인숙이는 하는 수 없어 짜장 두수의 누이동생이란 듯이 공손히 허드슨 박사의 선물을 받아 쥐었다.

두수는 자기가 일등상으로 받은 노트며 연필을, 인숙이가 받은 만년필과 비교해 볼 때 슬그머니 심술이 났으나, 오늘의 두수는 그런 것이 문제가 아니었다. 자기는 그까짓 만년필보다도 인숙이의 보들한 손을 잡아 본 사람이다.

'그렇지만 파카 만년필인데…….'

이런 생각을 하며 본부석을 나와 인숙이의 뒤를 따르면서,

"인숙아, 미안하다."

하고 위안을 했더니, 인숙이는,

"난 몰라."

하고 앵돌아져서 교문 쪽으로 달려간다. 두수는 빙그레

웃었다. 골이 난 시늉을 하고 달아났지만, 만년필을 팽개치지 않고 그냥 가지고 간 것을 보면, 그다지 성이 난 것 같지도 않아서다.

'부끄러워서 그럴 테지…… 후훗.'

하고 입 속으로 중얼거리며 개선 장군처럼 의기 양양하게 스탠드 쪽으로 오니 용호가 달려와서,

"축하한다."

하며 악수를 청한다. 일등을 축하한다는 말인지, 인숙이와 손잡은 것을 축하한다는 뜻인지 알 수 없는 채, 두수는 용호가 내민 손을 밀어 치웠다.

"오늘은 악수할 수가 없다. 오늘 내 손은 거룩한 손이야. 아무나 함부로 잡지 못한다. 내일부터는 세수할 때에도 이 손을 씻지 않을 테다. 하……."

하며 비켜 섰다.

"자식아, 나는 오늘 너를 응원하다가 한미 합동으로 된 욕을 보았다. 그런 줄도 모르구서 호의를 무시하기냐?"

"호의구 되놈의 저고리구, 내 손은 신성하다. 내일부터는 이 손에 장갑을 끼고 다녀야겠다. 훗훗."

"장갑을 끼든, 수갑을 차든 네 마음대로 하려무나, 나쁜 자식."

하고 용호는 발끈해서 학교 밖으로 나가 버렸다.

—그 이튿날부터 두수는 정말 장갑을 끼고 다니지는 않

았으나 어쩐지 손의 가치가 몇 갑절 높아진 것 같은 흡족함을 느꼈다.

'인숙이가 만년필을 가지고 갔으니까 그것을 쓸 적마다 내 생각이 나겠지……'

하는 생각을 할 때마다 가슴속이 칼슘 주사를 맞은 때처럼 뜨끈하고 흐뭇했다.

'자, 이제부터는 정말 공부를 좀더 열심히 해야겠다. 일학기 성적이 생각했던 대로 좋았으니, 학기말 성적도 좋아야

겠어. 일 학년에서 낙제를 한 것은 배 선생의 수학 때문이었으니까, 이번에는 배 선생을 한번 톡톡히 곯려 줘야겠다. 그러기 위해서라도 수학을 열심히 더해 보자. 그건 그렇지만 성경 시험만은 걱정인데……. 그것만은 아무래도 부정행위를 좀 해야 할까 봐…….'

이러한 생각을 하며 두 주일쯤 앞둔 이학기 중간시험을 준비하는 때에 난처한 일이 생겼다. 그것은 다름이 아니라, 성탄 축하를 겸한 창립 기념 예술제에 공연할 연극에 두수

가 뽑히게 된 일이었다. 날짜를 따져 보니, 중간시험이 끝난 사흘 후가 바로 공연할 날이다. 그러고 본다면 연극 연습을 하면서 시험을 치러야 할 터이니, 공부에 방해가 클 것은 뻔하다. 하지만 한편 생각하면 좋은 기회가 아닌가? 인숙이에게 연극 솜씨를 보여 줄 기회다.

더구나 연출을 담당하여 지도하시는 선생님이 백 선생님이라고 하는 데야 해 볼 만도 아니한가.

어찌 그뿐이랴. 지난번 웅변대회 때 창피당한 체면을 연극에서 도로 찾아야 한다.

이리하여 두수는 연극부에 가입하기로 했다. 레퍼토리는 허드슨 박사가 친히 쓴 《최후의 만찬》이라는 4막짜리 각본이었다. 연습을 시작한 지 며칠 만에 배역이 결정되었는데, 두수가 맡은 역은 크리스트의 수제자 베드로였다. 용호도 뽑혔는데, 용호의 역은 성모 마리아다. 무던히 왁살스러운 마리아가 되리라고 생각하며 두수는 픽 웃었다.

운동회 날 헤어져서는 서로 서먹서먹하게 지내던 두수와 용호가 연극 연습을 계기로 해서 옛 우정을 도로 찾게 된 것은 기념할 만한 수확이었거니와, 상급생 하급생 할 것 없이 통틀어 20명 가까운 학생이 연습을 통해서 서로 친숙해진 것도 커다란 부산물이라 아니할 수 없다. 그러나 이름들은 다 기억하지 못한다. 배역 인물의 이름대로 불러서 베드로니, 안드레니, 야곱이니, 유다니, 또는 마리아니 하고들 부

른다. 연습을 하다가 쉬는 시간이라도 되면,

"아아, 배고프다. 얘 야곱아, 호떡집에 안 가겠니?"

"아까 점심시간에 다녀왔다. 마리아 자식이 제가 한턱 낸다구 하기에 따라갔다가, 실컷 먹구 나서 마리아가 변소에 간다기에 기다렸더니, 자식이 뒷문으로 빠져 달아났어. 그래서 톡톡히 바가지를 썼다."

이런 식이다. 퍽이나 고약한 마리아도 다 있다. 이럭저럭 연습을 시작한 지도 일주일이 넘어, 액션에 들어가면서부터는 강당에서 무대에 올라가 연습을 하게 되었다.

허드슨 박사는 자기가 쓴 각본이라, 흥미와 관심을 가지고 틈만 나면 연습하는 것을 보러 강당에 나타나곤 하였다. 백 선생은 눈치껏 연출을 맡아 보지마는 종교적인 의식과 당시의 풍속에는 어두우므로 박사가 오는 것을 환영하였다.

그러나 한번은, 몸이 피곤하여 무대 앞 긴 걸상에 누워서 담배를 물고 연극을 지도하는 때인데, 갑자기 허드슨 박사가 나타났다.

"백 선생, 무엇하고 계시오?"

그 소리에 백 선생은 깜짝 놀랐지만, 박사의 물음에는 대답도 아니 하고 오뚜기 모양으로 벌떡 일어나면서,

"이렇게 일어나는 거래두, 이

렇게."

한다. 걸상에 누운 것도 연극을 지도하기 위한 공부라는 듯한 표정이다. 어리둥절한 것은 학생들이었다. 무엇을 이렇게 일어나라는 것인지 종잡을 수 없는 말이다.

백 선생은 그래도 무대를 향해서 한쪽 눈을 찡긋찡긋 감았다 떴다 하면서 무슨 신호를 자꾸 보내는데, 이 암호 같은 신호를 알아차리는 학생은 하나도 없다. 그러나 이런 데는 유달리 센스가 빠른 두수다. 그는 벌렁 누웠다가 벌떡 일어나며,

"이렇게 말씀이지요?"

하였다.

"그래 그래, 잘 일어섰어."

하면서도 백 선생은 교장의 눈치만 보고 있는 것이다.

"백 선생, 이 장면에 누웠다가 일어나는 것, 나는 각본에 쓴 일 없소."

"없지만 한번 해 보는 것입니다."

"그러면 지도입니까?"

"그, 그렇습니다."

"누워서 담배 피우는 것도 지도입니까? 여기는 신성한 강당입니다. 하느님 계신 곳입니다. 그러한 곳에서 담배 피우는 것 마땅한 일입니까? ……일입니까?"

백 선생의 안색이 홱 달라졌다. 몹시 불쾌한 모양이다. 이

난처한 입장을 어떻게 벗어나려나? 학생들은 손에 땀을 쥐고 아슬아슬한 스릴을 맛보았다. 언젠가도 백 선생은, 담배 피우는 문제로 박사와 언쟁 끝에 입심으로 박사를 보기 좋게 물리쳤었다. 그러나 오늘은 변명할 도리가 없지 아니한가. 그런데도 백 선생은 턱을 번쩍 치켜 들고,

"하하하……."

하고 가장 우스운 일을 보았다는 듯이 너털웃음을 터뜨렸다.

"닥터 허드슨께서는 시력이 매우 부족하신 모양입니다."

"나 눈 언짢지 않소."

"크리스찬도 거짓말 하시오?"

"무슨 뜻입니까? 나 거짓말 하지 않았소?"

"분명히 거짓말 하셨습니다. 내가 담배를 입에 물고 있은 것은 사실입니다. 불을 붙여서 피우지는 아니했습니다. 피우지도 않은 것을 피웠다는 것은 분명한 거짓말입니다."

"그러나 백 선생은 담배 피우려고 했소."

"나는 담배 그냥 물고 있으려고 했습니다. 입에 물었다고 반드시 피울 것이라고 단정하는 것은 박사의 억지올시다. 억지, 하느님 좋아하시지 않습니다."

"나 잘못했습니다. 취소합니다."

박사는 솔직하게 사과하고 물러갔다. 아슬아슬하게도 승리는 백 선생에게로 돌아왔지마는, 박사는 담배 피우는 현

선생 알개 179

장을 한 번 붙들어서 단단히 나무라려고 마음먹은 모양이다. 그러기에 그 다음부터는 자주 강당을 기습했다. 그럴 것을 예상하지 못할 만큼 백 선생이 바보는 아니었다.

  여기에 대비할 작전을 세웠다. 몇 시간을 계속 연습하는 동안에 담배를 아니 피울 수는 없는 노릇이다. 관람석에서 무대 쪽을 향하고 앉은 백 선생은 출입구 쪽을 등지고 있는 것이어서, 언제 허드슨 박사의 습격을 받게 되는지 알 수 없었다. 그래서 출입구 쪽을 향하여 늘 무대 위에 서 있는 학

생들에게 감시할 것을 명했다.

"에에, 내가 담배를 피울 때 교장이 들어오면 맨 처음 발견한 학생이 대뜸, 기쁘다 구주 오셨네……하고 찬송을 부르란 말이야. 그러면 같이 합창을 해야 해, 알았어?"

하는 것이었다.

이리하여 백 선생은 마음놓고 담배를 뻐끔뻐끔 빨았다.

〈기쁘다 구주 오셨네〉가 가끔 강당이 떠나갈 듯이 울리었다. 이럴 때마다 백 선생은 손가락이 타도록 피우던 담뱃

불을 비비어 껐고, 허드슨 박사는 매우 만족한 듯이 곡조에 맞추어 머리로 곤댓짓을 하고 어깨로는 춤을 덩실덩실 추고 나가곤 하는 것이었다.

—어느 날, 두수가 안드레라는 학생과 사소한 말다툼 끝에 주먹으로 갈기어서 안드레가 코피를 쏟았다. 상급생인 안드레는 코피를 흘리면서 두수에게 대들었다.

"이 자식 베드로야, 상급생을 어떻게 아니?"

"안드레야, 네가 무슨 상급생이냐? 초등학교 때는 같은 반이 아니었니?"

"그 때는 그 때고 지금은 지금이지."

"무엇이 어째?"

"나는 삼 학년이구 너는 낙제……."

말이 떨어지기도 전에 베드로의 주먹이 안드레의 턱 밑으로 날아든다. 바로 이 때, 백 선생이 들어와 이 광경을 보고 두수를 대단히 꾸중했다. 상급생이라고 안드레만 두둔하고 자기만 가지고 씩뚝깍둑하는 것이 야속스러웠다.

분한 것을 참고 억지로 연습을 하려니까, 아무래도 심정이 상한다. 그래서 두수는 백 선생이 담배를 피워 물기를 기다렸다. 한 번 곯려 줄 마음에서였다.

이윽고 백 선생은 담배를 한 개 꺼내서 불을 붙였다. 두어 모금 빨았을 때다. 두수가 목청을 뽑아서,

"기쁘다 구주 오셨네……."

하고 찬송을 불렀더니 학생들은 모두,

"……만백성 맞으라……."

라고 따라 부른다. 백 선생은 물었던 담배를 손바닥에 놓고 문질러 끄고 나서,

"온 교회 찬송 부르며……."

하고 회답하면서 뒤를 돌아보았건만, 허드슨 박사는커녕 사람의 그림자조차 보이지 않았다. 노래를 부르며 사방을 두리번거리는 모양이 우스워서 두수가,

"하하……."

하고 웃었더니, 백 선생은 그제야 속은 줄 알고,

"두수야……."

하고 다가와서 귀에다 입을 대고 가만히,

"인숙이보구 두수는 지랄병이 있다구 말할까?"

하였다. 두수의 약을 올리느라고 한 말인데, 두수는 태연자약할 뿐 아니라 도리어 백 선생에게 귓속말로,

"선생님, 두주 누나한테 가서, 백 선생님은 그런 줄 몰랐더니 문둥병이 있더라고 말할까요?"

하는 말로 응수하였다.

"무어? 그런 말 하면 안 된다."

예상했던 대로 백 선생은 펄쩍 뛴다.

"경우에 따라서는 안 하여도 좋습니다."

그래도 마음이 놓이지 않는지, 백 선생은 틈을 보아서 자

선생 얄개 183

꾸 그러지 않겠느냐고 다짐을 두는 것이었다.
　백 선생은 속이 타는지 연거푸 담배를 피우고 있을 때, 두수는,
　"기쁘다 구주 오셨네……."
　하고 찬송을 불렀다. 그렇지만 백 선생은 뒤도 돌아보지 않고 담배 연기를 혹 공중으로 내뿜으면서,
　"하하하…… 두수야, 또 속을 줄 알구서……? 나는 겁날 것 없다. 교장이구 된장이구 온대도 난 무섭지 않단 말야."
　하고 고함을 쳤을 때다.
　"백 선생, 된장 여기에 왔소."
　하는 허드슨 박사와 음성이 바로 등 뒤에서 들리었다. 백 선생은 얼결에 손에 쥐었던 담배를 양복 호주머니에 넣고,
　"헤헤헤, 된장……아니, 교장 선생님이십니까?"
　하였다.
　"보고 모르겠소? 일일이 교장이냐고 물어 보아서 대답을 들어야 아시오?"
　멋들어진 야유다. 허드슨 박사는 다시 말을 이어,
　"백 선생 마술사요?"
　하며 눈을 흘긴다.
　"네에?"
　"지금 가지고 있던 담배 갑자기 어디 갔소?"
　"무엇 말씀입니까?"

"아니 땐 굴뚝에서 연기날 까닭 없소."

박사는 굉장한 속담을 다 안다.

"그것 보시오. 자연 연기 납니다."

하고 박사가 천천히 가리키는 곳은, 백 선생의 양복 호주머니였다. 일제히 주목하니, 정말 연기가 난다. 아까 그대로 집어 넣은 담뱃불에 양복이 타고 있는 것이었다. 진땀을 흘리고 섰던 백 선생은 이 기회라는 듯이 소방 자동차의 사이렌 흉내로,

"앵—앵—앵."

하고 소리를 지르며 바깥으로 뛰어나가서 그날은 강당에 돌아오지 않았다.

연극 연습을 하면서 드디어 중간 시험의 첫날을 맞이하였다. 시험에 대하여 학생들이 생각하는 것은 두 가지 경우가 있다.

열심히 공부한 학생은, 평소에 길러 두었던 자기의 실력을 측정할 수 있는 좋은 기회라고 생각하고, 성적이 언짢은 학생은 학교에 가기가 마치 죽으러 가는 것처럼 괴로워 빨리 늙어서 시험이란 것이 없는 인생을 누려 보고 싶은 마음이 드는 것이다.

이상하게도 이번 두수의 마음은 전자에 속하는 것이다. 자신이 있다. 수학에 더욱 그러했다. 영어도 겁날 것 없다. 다만 하나 있다면 성경이 무서울 뿐이다.

다행히 첫날은 성경 시험이 없고, 그 대신 영어가 있다! 이전 같으면 시험 감독을 어느 선생님이 들어오시나 하는 것이 최대의 관심사였는데, 이제는 누가 들어오건 겁날 것이 없다.

종이 울리고 복도에서 슬리퍼 끌리는 소리가 나더니, 교실로 들어온 것은, 의외로 영어 회화를 담당한 미국 사람 여자 선생이었다. 영어를 맡은 여선생도 두서너 분 계시고, 한문이나 습자를 가르치시는 노인 선생님도 몇 분 계신데, 대개 그런 분이 시감으로 들어오실 때면 반드시 또 한 분이 따라 들어와 두 분이 감독하는 것이 이 학교의 풍속이었다. 아니나 다를까 시험지를 다 나누어 주었을 때쯤, 또 한 분 선생님이 들어오셨다. 수학 배 선생이었다. 두수는 아랫입술!을 꼭 깨물고 있다가 책상 밑으로 자기의 무릎을 탁 쳤다. 그러고는 답안 작성하기에 열중하였다.

뜻밖에도 문제는 쉬웠다. 십 분도 못 되어서 정확한 답안을 다 써 놓고는, 일부러 생각하는 듯이 한참씩이나 고개를 기우뚱거리다가, 주먹 쥐었던 빈 손을 펴서는 손바닥을 이윽이 들여다보고 나서 연필로 쓰는 시늉을 하였다.

이것이 시감선생의 눈에 띄지 않을 리 없다. 선생이 가까이 오면 연필을 움직이지 않고 가만히 있다가, 멀리 가기만 하면 다시 손바닥을 보고는 쓰고, 펴 보고는 쓰고를 반복하였다.

두수의 이 같은 짓이 눈에 거슬렸던지, 여선생이 달려와서 파란 눈알을 굴리면서,

"학생 이름 무엇이요?"

하고 서투르지 않은 한국말로 묻는다.

"네?"

"이름이 무엇이요? 학생 얼굴 낯익소."

그는 그럴 것이다. 작년에 두수가 처음 입학했을 때, '아이 러브 유우.' 라고 했던 선생 아니냐.

"나는 나요."

두수는 이렇게 대답했다.

"무어요? 나는 나가 무엇이요?"

선생은 입술이 파랗게 질려 가지고 빨갛게 칠한 날카로운 손톱으로 금세 할퀴기나 할 것처럼 대든다.

"나는 나래두요."

"학생은 나를 모욕할 마음이요?"

이 때 배 선생이 비호같이 달려왔다.

"두수야, 너 무슨 말버릇이냐. 내가 나라니, 그게 선생 앞에서 하는 말이냐?"

"아니 선생님, 그럼 제 성이 나(羅)가가 아니면 박(朴)간가요? 그래서 나라는 거예요."

"으음."

배 선생은 말문이 막혀서 여선생에게 무어라고 영어로 말

하고는 같이 교단으로 나가신다. 두수는 속으로 웃고 나서 다시 아까와 같은 짓을 되풀이하였다. 주먹을 펴서 들여다보고는 쓰고, 또 들여다보고는 쓰고…….

  배 선생이 천천히 두수 앞으로 왔다. 꼼짝 않고 지켜 서 계실 결심인 것 같다. 두수는 주먹을 꽉 쥐고 연필 쥔 손을 바르르 떨었다. 배 선생은 두수의 답안지를 샅샅이 들여다보신다. 문제 전부를 다 했을 뿐 아니라 다 정확한 해답인

것을 알자, 갑자기 팔씨름하듯 두수의 손을 잡았다.
"선생님, 왜 이러십니까?"
"이 손을 펴라."
"왜 그러세요?"
"이 자식, 잔소리 말구 주먹을 펴래두……."
하며 팔을 비튼다. 학생들이 모두 이쪽으로 주목할 때 두수는 주먹 쥔 손을 천천히 폈다.

"앗!"

손바닥에는 원래 아무것도 없었으니 나올 것도 물론 없다.

"으음."

배 선생은 또 한 번 신음했다.

"배 선생님, 도대체 왜 그러십니까? 제 손을 왜 보자구 하셨지요?"

"아, 아, 아, 아무것도 아니다."

배 선생은 하품을 하듯이 〈아〉를 연발하신다.

"아, 아, 아, 아……."

"네에……?"

"아…… 아버지 안녕하시냐?"

두수는 어이가 없었지마는, 배 선생은 역시 선생님이고 또 아버지의 동창생이 아닌가? 추운 날씨인데도 아마에 비지땀을 흘리시는 선생님에게 대해 민망한 생각이 들어서 두수도,

"아, 아, 아……."

하였다.

"아, 아, 아…… 안녕하십니다."

이 때에 시험 끝나는 종이 울렸다. 배 선생에게 있어서는 마치 해방의 종소리같이 들렸을 게다.

—맨 나중 날에 성경 시험이 들어 있었다. 다른 시험은 다 잘 치렀는데 이 과목만이 걱정이었다. 더구나 성경 시험은 허드슨 박사가 직접 감독으로 들어왔다. 허드슨 박사는 시험 문제를 내놓고는 다 같이 기도를 올리라고 하였다. 시험 기간 중에 사고가 없은 것을 감사하고, 마지막 날이며 거룩한 성경 시험에 부정한 마음을 품은 학생이 없도록 하느님께서 어린 양들의 마음을 주관해 달라는 내용의 기도였다. 다른 학생들은 이 기도하는 시간을 정말 하늘이 주신 기회라 생각하고 부스럭거리며 성경책을 뒤지는데, 웬일인지 두수는 그런 짓을 하고 싶지가 않았다. 일주일 동안을 떳떳한 실력으로 시험을 보아 좋은 성적을 거두었는데, 이제 마지막 날에 그러한 짓을 하기는 정말 싫었다.

'에라, 낙제하면 했지, 신진 인격자가 부정행위를 수 있나.'

하고 기도가 끝나자, 곧 답안을 쓰기 시작했다. 기도하기 전에 문제를 보고 벌써 알았었지만 과연 알 수 없었다. 그러나 두수는 정성껏 썼다. 쓰고 나니 간신히 반쯤을 마쳤다.

'이만하면 50점이야 될 테지. 안 되어도 설마 40점이야 못 받을라구. 학년말 시험에는 성경 공부도 해야겠다.'

이런 생각을 하며 눈을 딱 감고 답안지를 냈다. 마음이 개운하고 몸은 거뜬하다. 유쾌한 기분으로 며칠 더 최종 연습을 하고 드디어 공연 날을 맞이하였다. 야릇한 흥분과 호기심 때문에 가슴은 마냥 울렁거리기만 한다.

화장실에서 분장을 하느라고 얼굴에 수염을 붙이고 콧등에다 껌을 씹어 붙여서 콧날을 세우고 하는데, 학교 용원이 화장실로 들어오며,

"두수한테 꽃다발이 왔다."

하면서, 겨울철에는 보기 희한한 꽃다발 하나를 안겨 주는 것이었다.

'누구에게서 온 것일까……?'

꽃다발을 받아 쥐고 자세히 살펴보니, 편지 한 장이 매달려 있지 아니한가. 겉봉을 뜯고 편지를 펼쳐 본 두수는 하마터면,

"앗!"

하고 소리를 지를 뻔하였다.

겨울 방학

그 꽃다발에는 먹으로 김인숙이라고 쓴 빨간 리본이 달려 있었다. 그러나 꽃다발보다도 편지에 더욱 마음이 끌리는 두수였다. 그래서 꽃다발은 동댕이치다시피 던져두고 편지를 움키듯이 펼쳐 쥐었다.

두수야, 이 편지는 너희 학교 교장 선생님께서 주신 만년필로 쓰고 있다. 그러니까 네가 준 것이나 다름이 없다. 그리고 이번에 연극을 한다는 소문도 들었다. 잘 하여라. 이번 중간고사에는 우등을 했다지? 백 선생님한테 들어서 다 안다. 네가 교장 선생님 앞에서 말한 대로 남매가 되어도 좋다. 오늘, 나는 네가 하는 연극을 축하도 할 겸, 또 동생이 되는 징표로 변변치 않으나 꽃다발 하나를 보낸다. 오늘 연극이 끝나 집으로 갈 때 같이 가자. 너희 학교 변소 뒤에 있는 느티나무 아래에서 기다려 다오. 그렇지만 사람이 많아서 누가 누군지 알아보기 어려울 것 같으니 내가 알아보기 쉽도록 나무 아래서 계속적으로 재

주를 넘고 있거라. 비행기 재주 말이야, 알았지? 그럼 이
따 만나자.

                                       12월 20일
                                         김 인숙

편지를 다 읽은 두수는 얼굴이 벌겋게 상기되었다. 종이
를 잡은 손이 흥분과 감격에 떨렸다. 요렇게 귀여운 인숙이
를 과거에 여러 번 곯려 준 것이 못내 뉘우쳐진다. 너무나
과분한 행복이기에 얼른 믿어지지도 않는다. 그래서 다짐을

하려고 용원 할아범에게 물었다.

"이 꽃다발을 누가 가져왔어요?"

"웬 여학생이 가져왔더라……. 모르는 애냐?"

"아, 아아뇨, 제 누이동생인걸요."

"오, 그래."

"그 애는 지금 어디 있어요?"

"강당 안에 있을 테지. 그걸 주고는 곧장 관람석으로 들어가던데……."

그 말을 들은 두수는, 메이크업을 하다 말고 관람석으로

통하는 문 쪽으로 달려가서 열쇠 구멍에다 눈을 대고 관람석을 둘러보기 시작하였다. 인숙이가 어디에 앉았는지 찾아보기 위해서다. 그러나 좁은 열쇠 구멍으로 관람석 전부를 둘러볼 수는 없었다. 그렇다고 화장한 얼굴을 들고 나가 볼 수도 없는 노릇이다. 애를 쓰며 내다보는데, 별안간 문이 홱 열리며 손잡이가 이마빡에 딱 하고 부딪치었다. 정확히 말하라면 〈딱〉한 것이 아니라 〈재끈〉 하였다.

"어이쿠!"

두수는 이마를 싸 쥐고 뺑뺑 돌았다. 놋쇠로 만든 손잡이와 충돌했으니, 이건 바로 쇠방망이에 얻어맞은 셈이다. 문을 열고 들어온 것은 백 선생이었다.

"무얼 하구 있는 게야? 준비는 하지 않구서……."

백 선생은, 아픔을 참지 못해서 껑충껑충 뛰고 있는 두수를 향하여 위문도 하기 전에 나무라기부터 하였다.

"빨리 화장을 해. 시간이 다 됐어."

두수는 하는 수 없이 다시 화장을 계속하였다. 이마가 금세 퉁퉁 부어오른다.

화장을 끝내니, 바로 무대에 나갈 차례가 되어서 두수는 의기양양하게 등장하였다. 그러나 두수의 정신은 연극보다 인숙이를 찾는 데로 쏠리었다. 강당 위 아래 사방을 둘러보느라고 얼이 빠진 두수는 세 번이나 대사를 틀렸다. 그러나 두수에게 있어서는 그런 것이 문제가 아니다. 요는 인숙이다. 하지만 아무리 찾아도 인숙이는 끝내 보이지 않았다.
 이럭저럭 연극을 끝마치고 화장을 막 닦는데, 용호가 오더니 집에 같이 가자고 성화다.
 "……난 좀더 볼일이 있다. 너 먼저 가라."
 "기다렸다 같이 가자꾸나."
 "바쁜 일이 있대두, 먼저 가."
 "그래? 그럼 먼저 가지."
 인숙이와 만날 시간에 용호가 같이 있으면 불편하다. 그래서 용호를 먼저 쫓아보낼 심산이었다. 이번에는 정선이가 왔다.
 "밖에서 두주 누나가 기다리구 있으니, 빨리 가자."
 "먼저들 가. 난 좀 중요한 볼일이 아직 남았어."
 "밤도 늦었으니 오늘은 그만 가구 내일 보면 되잖아?"
 "자식아, 잔소리 말구 빨리 가래두."
 두수는 버럭 고함을 질렀다. 정선이는 찔끔해서 달아나 버렸다. 자, 이제는 변소 뒤 느티나무 아래로 갈 판이다.
 달도 없는 밤이지만 하얗게 깔린 눈 때문에 운동장은 그렇게 어둡지는 않았다. 변소 뒤는 으슥한 곳이라, 사람의 발자국조차도 없었다.
 두수는 연극의상을 싼 보따리와 꽃다발을 옆에다 놓고는 혹이 돋은 이마빡을 눈 덮인 땅바닥에 대고 자꾸 재주를 넘는다. 옷에 눈이 묻어서 전신이 하얗게 된 채 그 짓을 그냥 계속한다. 한 번 넘고는 강당을 바라보고, 두 번 넘고는 또 바라보았다. 생각해 보니 배가 고프다. 저녁도 변변히 먹지 못한 채 연극을 했고, 또 이렇게 자꾸 재주를 넘노라니, 시장할 것도 당연하다. 지쳤지만 두수는 자꾸 계속하였다. 인숙이가 여기서 재주를 넘고 있으라고 하지 않았는가. 그것을 목표로 해서 오겠다고 하지 않았는가. 그러니 쉴 수는 없다.

스무 번쯤 재주를 넘었을 때 강당에서 이쪽으로 오는 검은 그림자 세 개를 발견하였다. 그 중 하나는 분명 여자인데 둘은 남자다. 누구일까. 누구면 상관있느냐. 인숙이만 오면 그만이다. 두수는 더욱 신이 나서 열심히 재주를 넘었다. 행여 잘못 볼세라 염려하여 더욱 기운을 내어 넘노라니까, 눈알이 다 뱅뱅 돈다.

가까이 온 세 사람의 얼굴이 잘 보이지 않는다. 숨이 가빠서 씨근씨근하면서 뱅뱅 도는 눈으로 자세히 살펴보니, 두 남자는 난데없는 용호와 정선이고, 여자는 인숙이가 아니라 두주 누나였다.

"하하하…… 흰곰의 새끼 같구나. 눈 벌판 위에서 재주를 넘는 곰새끼."

그때야 두수는 용호에게 속은 줄을 알았다. 실상 꽃다발은 용호가 누이동생을 시켜서 보낸 것이었다. 지난 가을 운동회 때 악수를 청하였다가 무안을 당한 보복을 하려고 별러오던 참에 인숙이 이름을 빌려서 톡톡히 앙갚음을 하려 한 것이 바로 들어맞은 것이었다. 장난치고는 좀 정성이 드는 장난이었고, 보복으로는 약간 돈이 드는 보복이었다. 이렇게 하고는 두수 누나인 두주와 정선이를 좋은 구경시켜 준다고 꾀어서 현장으로 데리고 온 것이었다. 두주도 정선이도 허리를 못 펴고 웃어 댄다.

"바쁜 일이 있다더니, 이 짓을 하는 게 바쁜 일이었니?"

용호의 말이다.

"중요한 볼일이라는 게 이거였어?"

정선의 말이다.

두수는 화가 머리 꼭대기까지 치밀었다. 일어나면서 주먹으로 한 대씩 박아 지르고 싶었으나 두수는 그렇게 경솔하지는 않았다. 그렇게 하기보다는 차라리 그냥 두었다가 뒷날 적당한 기회에 단단히 복수를 하는 것이 상책이라 생각하고,

"아니야, 이마에 혹이 돋아서 열이 나기에 그걸 좀 눈에 대고 식히고 있었다."

하며 슬금슬금 일어났다.

"혹 좀 보자."

"자."

하고 내미는 혹을 어루만지면서 용호는,

"인숙이한테 얻어맞은 혹이 재발하는가 보다."

하며 꾹 눌렀다.

"아얏!"

"하하하……."

생각해 보니, 이 혹도 용호 때문에 돋은 것이 아닌가. 분하다. 그렇지만 참자. 참고 후일을 기약하자. 기다리자, 보복할 날을.

이렇게 마음을 고쳐먹은 두수는,

"아니, 오늘 새로 생긴 혹이다."

하였다.

"하하…… 혹하구 단골 텄니? 가끔 돋는구나. 그리구 그 꽃다발은 웬 거냐?"

알미운 자식이다. 자기가 보내 놓고는 웬 거냐고 묻는다. 이제는 더 참을 수 없다. 그래서,

"네가 오면 너를 주려구 장만해 둔 게야."

하며 재빠르게 꽃다발을 집어 들어 가시가 돋친 가지로 용호의 얼굴을 갈기고는 냅다 달아나서 집으로 돌아왔다. 정선이와 두주는 아직 오지 않았다.

배도 고프고 또 심통도 나서 무엇 좀 먹을 것이나 없나 하여 두주의 방을 뒤지다가 책장 안에서 먹음직한 크리스마스 케이크를 얻었다. 이 처지에서 주저할 것이 없다. 두수는 사양 없이 그것을 다 먹고는 머리까지 이불을 푹 쓰고 드러누웠다. 아리숭하게 잠이 들려 할 때, 두주가 방문을 열

어 젖히면서,

"두수야, 너 내 방에 와서 과자 훔쳐 먹었지?"

하며 호들갑을 떤다. 그러나 두수는 잠이 든 체하고 누워 있었다.

"잠이 들었나 원. 두수가 안 먹었으면 괜찮아두, 먹었다면 큰일이야."

두주는 혼자말처럼 종알거린다.

"어째서요?"

두주 누나와 함께 온 정선이가 이렇게 물었을 때다.

"그 과자는 쥐를 잡으려구 쥐약을 넣은 과자야."

하는 누나의 말을 듣고 두수는 이불 속에서 몸을 흠칫했다.

'무어라구? 쥐약을 넣었다? 이것 큰일이다. 이러구 있을 때가 아니다. 위기! 위기다……'

"정말 쥐약이 들었수?"

두수는 이불을 차고 벌떡 일어났다.

"너 먹었니?"

"먹었어."

그러고 보니 속이 흐릿흐릿 아니꼬운 것 같다.

"큰일났구나. 조금만 먹었니?"

"아니, 많이 먹었어."

"어머나, 이를 어째. 가만 있거라, 소금물을 마시고 전부 토

해야 한다."
 하며 누나가 소금물과 대야를 가지고 올 때까지 두수는 켁켁 하고 헛구역질만 하고 있었다.
 "자, 이걸 마셔라."
 두수는 누나에게서 유리컵을 받아 들고 짠 소금물을 단숨에 들이켰다. 그러고는 다 토하여 버렸다.
 "어때? 속이 개운하냐?"
 "조금 괜찮아."
 눈물이 핑 괸 눈으로 불안하게 대답했을 때다.

"호호호! 호호호!"

하고 두주는 허리를 펴지 못한 채 간드러지게 웃어제친다.

"누나, 왜 웃어?"

"네 꼴이 우스워서 그런다. 이번엔 피마자 기름을 먹구 전부 설사해 버려야 한다. 호호…… 호호……."

"알았다. 쥐약 들었다는 건 거짓말이었지?"

"호호호. 이제야 알았니? 천벌이다 천벌, 호호호……."

하면서 자기 방으로 가 버렸다.

기막히게 운수가 사나운 날이다. 연극에 실패를 하고, 이

마에 혹은 돋았고, 눈판에서 죽도록 재주를 넘은 끝에 소금물만 한 대접 마시고 나서, 모처럼 훔쳐 먹은 과자는 전부 토해 버리지 않았는가. 그러나 한편 생각해 보면 우습기도 하였다.

"소금물을 마신, 이마에 혹이 돋은 백곰."

이렇게 입 속으로 중얼거리며 두수는 이불을 쓰고 누웠다. 용호가 몹쓸 놈인 것은 말할 것도 없거니와, 두주 누나도 여간 아니다. 도저히 그냥 둘 수 없다. 무슨 수단으로든 한 차례 곯려 주어야겠다고 생각하며 잠이 들었다.

이튿날부터는 방학이다. 고향 집으로 내려가야 한다는 정선이를 며칠 더 묵어서 정월 초순에 가라고 두주가 붙들었다. 정선이는 시골이라 음력 설을 쇠는데, 두수네는 해마다 양력 설을 지킨다. 그래서 설차림이나 먹고 가라는 것이었지만, 정선이도 그 때까지 서울에 머물러 있고 싶었다. 왜냐하면 나 교수가 사냥에 데리고 간다고 약속했기 때문이다. 나 교수는 해마다 여름 방학에는 낚시질을 하고, 겨울 방학에는 사냥을 다녔다. 그러나 낚시질을 가도 고기는 별로 잡아 오는 것을 보지 못하였다. 새벽 조반을 지어 잡수시고 일찌감치 한강으로 나갔다가, 매양 빈 손으로만 돌아오기가 민망하였던지 한번은 돌아오는 길에 남대문 시장에 들러서 오징어를 대여섯 마리 사서 들고 왔다. 그것을 보신 어머니가 웃으시며,

"이것 잡아 오셨어요?"
하고 물었더니,
"잡아 오구말구. 참 잘도 잡히더군."
하면서 낚시질하던 시늉까지 몸짓을 넣어 가며 장황하게 설명하셨다. 듣고 난 어머님께서,
"언제부터 한강에서 오징어가 잡히나요? 오징어는 바다에서만 잡히는 걸루 알았는데……."
하셨다.
그 다음부터는 시장에 들어가 물고기를 살 때에는 민물고기인지 바닷물고기인지를 따져 보고야 사 가지고 오시는 모양이었는데, 어머니는 그런 줄을 알면서도 밥반찬 생기는 것만 대견해서 잠자코 계시다가 한번은,
"다음부터는 싱싱한 걸루 사 오세, 아니, 잡아 오세요. 요전에 사 오신…… 아니, 잡아 오신 붕어는 좀 썩었더군요."
하시어서 온 집안이 웃은 일도 있다.
사냥도 마찬가지였다. 꿩을 잡아 온다고 나가서는, 간혹 까치나 쏘아 가지고 오시는 것이 보통이었다.
작년 겨울 방학에 역시 두수하고 같이 사냥을 갔을 때다.
멧돼지를 잡는다고 진종일 쏘다녔지만 아무것도 잡히지 않았으므로 나 교수는 화가 났던지, 멍멍 짖으며 따라오는 개를 쏘아 죽였다. 그것을 안 개 임자가 잠자코 있을 턱이 없다. 하는 수 없이 개 주인과 싸운 일과 돈을 갚아 준 이

야기를 아예 하지 말라고 하면서 두수에게는 돈을 주었다. 집에 돌아오니, 어머니가 가만히 계실 리 없다.

"개나 쏘아 오시려거든 일부러 산에까지 가실 것 없이 동네 집 개를 쏘시지요."

하였을 때,

"아냐, 이건 산 개야. 개 가죽 감발을 만들려구 일부러 쏘아 왔소."

하고, 나 교수는 가장 솜씨 있다는 듯이 총대를 휘두르는 것이었다.

"아이, 위험해요. 그 총 좀 치우세요. 그러다가는 산 사람까지 쏘시리다."

하시어서 역정이 나신 아버지가 며칠 동안 말을 안 하고 지내신 일도 있다.

이 말을 들어서 나 교수의 실력을 짐작하는 정선이었건만 짐승이야 잡히건 말건, 사냥하러 간다는 일 자체가 크나큰 매력이 아닐 수 없다. 그래서 1월 초순까지 서울에 묵기로 하였던 것이다.

정선이와 함께 방학식을 하러 학교로 간 두수는 이마에 비록 혹은 달렸을망정, 매우 유쾌한 기분으로 돌아왔다. 받아 쥔 성적표에 적힌 석차가 엄청나게 올라갔기 때문이다. 13번, 열셋째다. 이만하면 조금만 더 열심히 공부한다면 우등은 떼 논 당상이다. 그러나 못마땅한 것은 조행란이다. 이것은 언제나 을(乙)이지 갑(甲)이 못 된다. 학년말 성적표에는 버젓이 갑이 되어 보리라. 그러니 장난을 치는 것도 금년까지다. 연말까지 열흘 남았다. 이 열흘 안에 해야 할 일을 다 해치워야 한다. 두주 누나에 대한 복수도 다 하여야 한다. 그리고 돈도 좀 모아야겠다. 아버지하고 사냥만 가면 돈은 저절로 생긴다. 일생 동안 장난칠 것을 모두 합해서 이 열흘 안에 실컷 쳐야겠다. 그리고 새해부터는 새 사람이 되자. 얌전한 학생이 되어 조행에 갑을 맞아야겠다…….

이런 생각을 하며 두수는 빙그레 웃는 것이었다.

두수의 성적표를 본 나 교수는 지극히 만족하여서,

"이게 모두 백 선생 덕분이다. 이번 크리스마스 이브에는 백 군도 초대해서 하루 저녁 즐겁게 놀기로 하자."

하시는 것이었다.

크리스마스 이브가 됐다. 이날 티 파티를 열고 가족 오락회를 가지자는 계획이 추진되어, 준비를 하느라고 집 안이 떠들썩하였다. 설을 쇠려고 대전에서 할머니도 올라오셨고, 긴 병 앓아 누우셨던 어머니도 많이 나으셔서 오늘은 같이 즐기시게 되었으니 기쁜 일이다. 저녁에 두희 누나가 왔다. 매형인 황 국장은 회합에 나가고 누나만이 온 것이다. 백 선생은 헐레벌떡 들어와서 두리번거리며 찾아보는 품이 아마 두주를 찾는 모양이다.

저녁 식사가 끝나고 디저트 코스에 들어갔다.

 상 위에 커다란 크리스마스 케이크를 놓고 두주가 손수 썰어서 배급을 한다.
 백 선생은 그것을 받으면서도 연방 두주의 얼굴만 쳐다보다가 하마터면 칼에 손가락을 찍힐 뻔하였다.
 과자를 먹으면서 한편 트럼프 판이 벌어졌다. 두희 누나, 두주 누나, 그리고 정선이, 백 선생, 두수의 차례로 둘러앉아서 하는 트럼프는 바야흐로 백열전에 돌입한다.
 처음에는 그저 하니까 흥이 없더니, 백 선생의 제안으로

지는 사람이 팔뚝을 맞기로 하였다. 이번에는 모두 눈이 벌게서 덤빈다. 그러나 백 선생은 일부러 두주에게 지려고만 든다. 지고는 팔뚝을 내맡기어 두주에게 맞기를 즐겨하는 눈치다. 두주가 백 선생의 손을 잡을 때는, 무슨 더러운 물건이나 다루듯이 두 손가락으로 백 선생의 손가락 하나만을 잡고 가만히 때린다. 그럴 때면 백 선생은 부족하니 좀더 때려 달라는 듯이, 다 맞고 나서도 그냥 팔뚝을 내민 채로 있기가 보통이다.

매번 지고 매번 맞는다. 이번에도 백 선생이 또 지고는 손가락을 잡혀 맞고 있다.

"좀더 단단히 때려도 좋습니다."

"좀더 꽉 잡아도 좋습니다."

"몰라요, 선생님두……."

하면서 두주는 간지럽지 않을 만큼 건드린다. 실로 때리는 것이 아니라 건드리는 것이었다. 그러나 두수가 맞을 차례가 되면 두주는 팔목을 부러지도록 붙잡고 아랫입술을 꼬옥 깨물기까지 하면서 마구 두들겨 댄다.

이 광경을 보며 빙글빙글 웃고 계시던 할머니께서 말참견을 하시었다.

"애들아, 내일이 뭐 〈그렇소 맛이〉래지?"

"〈그렇소 맛이〉라구요? 호호호…… 무슨 맛이 그렇단 말씀이에요?"

하고 웃으니까 할머니는,

"낸들 아느냐? 남들이 그러더구나, 〈그렇소 맛이〉라구."

"하하하…… 그건 크리스마스예요, 할머니."

하고 두수가 가르쳐 드렸다. 과연 신식 할머니는 다르시다. 크리스마스를 다 아신다.

"뭐? 구리수마소? 구리수마소나 그렇소맛이나 다를 게 뭐냐? 여하튼 그 날은 뭐라나 하는 영감쟁이가 선물을 갖다 주는 날이라메?"

"네, 그래요. 가까운 사람끼리 선물을 서로 주고받는 날입니다."

하고 나 교수가 설명을 하자,

"그것 봐라. 내 말이 어디 거짓말이냐? 그런데 여보, 백 선상, 명년 구리수마수 때쯤에는 내가 선물을 하나 하리다."

하면서 무릎 걸음으로 한 걸음 다가앉으신다.

"감사합니다. 할머니, 무엇을 주시렵니까?"

하고 백 선생도 흥미를 가지고 물었다.

"뭐 감사하달 건 없구…… 전날 내가 거울을 선사 받았으니 가만 있을 수야 있나. 나도 보답을 해야겠는데 내 선물은 살아 있는 사람이외다. 다른 게 아니라, 저 두주를 줄까 하는데……?"

이것은 할머니의 폭탄선언이었다. 방안에 앉았던 사람들은 모두 깜짝 놀랐다. 백 선생은 어안이 벙벙해서 멀뚝히 앉았다가,

"할머니, 감사합니닷!"

하고는 절을 하는 것이었으나 두주는,

"아이, 할머니두……."

하고 얼굴을 붉혀 가지고서 달아나려는 것을, 두수가 붙들어 앉히었다. 트럼프에 져서 여러 번 얻어맞았는데, 누나를 이대로 놓쳐 버렸다가는 큰일이라고 생각하고 두수는 트럼프를 더 계속하자는 것이었다. 두주도 백 선생도 어색한

표정을 감추기 위해서 트럼프에 열중하는 듯한 시늉을 하였다.

그 다음에도 두수는 자꾸 지기만 했다. 두주는 부끄러운 빛을 위장하느라고 더욱 단단히 팔뚝을 후려갈긴다. 두수의 팔목은 빨갛게 부어올랐다. 이렇게 맞고만 있을 수는 없다. 전날의 보복을 겸해서 한번 곯려 줄 필요가 있다고 생각한 두수는, 변소에 가는 체하고 일어나서 부엌으로 나갔다. 찬장 서랍 속에 있는 고무장갑을 꺼내기 위해서다. 이것은 지난 가을 김장할 때에 어머니가 끼신 것으로, 밑에 고춧가루 물이 들어서 위는 누렇고 아래는 시뻘겋다. 보기만 하여도 죽은 사람의 손 같아서 끔찍스럽다. 두수는 그것을 꺼내 가지고는 입에다 대고 바람을 불어 넣어서 뚱뚱하게 만든 다음에 노끈으로 동여매어 공기가 빠지지 못하게 하였다.

볼수록 근사하다. 손등은 뚱뚱하고 손가락 다섯 개가 풀처럼 나와 있다. 아무리 보아도 물에 빠져 죽은 시체의 손과 같았다. 두수는 빙그레 웃고 나서 그것을 꽁무니에 차고 방안으로 들어가서는 트럼프를 계속하는 것이었다. 트럼프의 결과는 아니나다를까, 두수가 또 두주에게 졌다. 트럼프를 추리느라고 아래만 들여다보는 두주에게,

"자, 때려."

하며 넌지시 꽁무니에 차고 있던 바람 든 고무 장갑을 뽑아서 대었다.

두주는 한 손으로 트럼프를 모으며 다른 손으로 두수의 손, 아니 장갑을 잡았다. 순간, 물컹 하는 촉감을 받은 두주는 이내 머리를 돌려서 그것을 보았다.

"윽!"

하고 몸을 피하는 두주의 뺨을 두수는 장갑으로 쓸었다.

"에계계!"

하며 달아나는 것을 쫓아다니며 쓸어 준다.

"누나, 남에게 소금물을 먹인 천벌이우, 하하하……."

나 교수도 따라 웃었다. 나 교수도 처음에는 놀랐지만, 그것이 장갑인 것을 알자,

"두수는 과연 머리가 좋아, 후후훗."

하고 오히려 칭찬을 하는 것이었다.

이리하여 트럼프는 파흥이 되었다.

"백 군."

나 교수가 두수를 보고 눈을 흘기는 백 선생을 불렀다.

"네."

"내일 모레쯤 사냥을 가려는데, 자네도 같이 안 가 보려나."

"무슨 사냥입니까?"

"무슨 사냥두 있나? 멧돼지나 한 마리하구, 꿩을 몇 마리 쏘아다가 이번 설에는 돼지고기하고 꿩으로 차리려네."

이 말을 들은 나 교수 부인이,

"에그, 그만둬요. 또 엉뚱한 남의 집 개나 잡아 오려구 그러세요?"

하였다.

"무슨 소릴 하노. 이번에는 틀림없이 멧돼지를 잡아 올 테니 보우."

하며 일어서서 엽총을 꺼내다가 어루만진다.

"하하…… 선생님의 사냥 실력은 잘 알고 있습니다."

하고 백 선생이 어머니 말씀에 변죽을 울렸다.

"자네는 돼지고기 먹고 싶지 않은가? 먹고 싶거든 같이 가세."

"돼지고기 먹고 싶으면 푸줏간에 가겠습니다."

"집돼지하구 멧돼지는 맛이 다르네."

"어디 자살하고 싶은 멧돼지가 있지 않은 담에야 선생님

이 쏘시는 총에 맞겠습니까?"

"맞는지 안 맞는지 자네를 한번 쏘아 볼까?"

하며 총자루를 어루만질 적에 할머니도 한 마디 하시었다.

"네가 쏘아 오는 멧돼지고기를 한번 먹어 보고 죽었으면 좋겠다."

"어머니, 염려 마십시오. 이번엔 꼭 잡아 오겠습니다."

"네 마음대로 된다든? 하긴 그 맞지두 않는 총을 가지구 가기보다는 그 안마기를 가지구 가거라. 거기에 맞으면 멧돼지는 물론 호랑이나 곰이라두 잡겠더라."

할머니 말씀에 온 집안 식구들은 모두 한바탕 웃었다. 아버지의 사냥 실력에는 신용이 없다. 하지만 실력이 없으면 없을수록 두수에게는 이익이 된다. 수입이 느는 것이다.

배짱 시험

하얀 눈이 덮인 비탈길을 타고 총을 멘 나 교수를 선두로 한 일행 네 명이, 움직이는 흑점인 양 산마루턱을 향하여 치

달리고 있다.

　수원에서 이른 점심을 먹고, 이 산으로 향하여 걸은 지가 벌써 두 시간은 족히 넘었다. 길이 미끄러운데다가 눈에 빠지니, 보통 평지를 걷는 몇 갑절의 기력이 필요했다.

"얼마나 더 가면 됩니까?"

　백 선생은 벌써 지쳤다는 듯이 이렇게 물었다.

"한이 없다네. 짐승이 우리를 찾아오는 법이야 있나? 우리가 찾아다녀야지."

"그런데 사냥개는 왜 안 데리고 왔습니까?"

"사냥개가 어디 있어야 데리구 오지?"

"댁에 있지 않습니까?"

"그놈은 훈련이 안 되어서 도리어 방해가 된다네. 허지만 자네들이 있지 않나."

"네에? 그럼 저는 사냥개 대신입니까?"

"빨리 말하면 그렇지."

"천천히 말해도 그렇지 않습니까?"

"이제야 알았나? 하하하……."

이 때, 두수가 눈 위에 마치 솔잎으로 꼭꼭 찍은 것 같은 새의 발자국을 발견하였다.

"아버지, 이게 무슨 새의 발자국입니까?"

"음? 어디?"

하고 눈 위를 들여다보던 나 교수는,

"꿩이다. 꿩."

하며 어깨에 메었던 총을 내려서 들고, 마치 눈앞에 꿩이 있다는 듯이 앞을 노려보기 시작하였다. 순간, 바로 몇 걸음 앞에서 푸드덕 하고 새가 나는 소리가 났다. 보니까 장끼와 까투리란 놈이 날개를 치며 하늘로 날아오른다.

"아버지, 꿩입니다."
"쏘세요, 빨리빨리."
다음 순간 탕! 하는 요란한 소리가 산을 울리었다.
그러나 꿩은 맞지 않았다. 이제는 날개를 쭉 펴고 끼룩끼룩 소리까지 하면서, 한 쌍의 꿩은 후미진 산골짜기로 숨어드는 것이었다.
"하하하……"
백 선생의 웃는 소리를 듣고 나 교수는 화를 내었다.
"두수야, 네가 쓸데없는 말을 해서 고만 빗나간 거야."
"저 때문에 안 맞았어요?"
"물론이지, 하지만 사냥이라는 건 반드시 짐승을 잡는 것만이 목적이 아니라, 대자연에 도전해서 웅혼한 마음을 기르는 데에 목적이 있다. 알았니?"
야릇한 곳에서 설교를 들었다.
바로 이 때다. 푸드덕 하는 소리와 함께 이번에는 네다섯 마리의 꿩이 떼를 지어서 날아 올라간다. 탕…… 탕!
연거푸 두 방이 불을 뿜으며 총대를 빠져 나갔다. 그러나 이번에도 꿩은 무사하였다.
"하하하…… 웅혼한 심기를 또 한 번 길렀습니다."
이렇게 백 선생이 말하자, 나 교수는 또 두수를 나무랐다.
"이번에두 또 네가 말을 할 줄 알고 그걸 대중해서 겨냥했더니, 네가 말을 하지 않아서 또 안 맞았다."

맞지 않은 책임이 모두 두수에게 있다는 듯이, 나 교수는 제일 녹록한 두수만 가지고 시비다.

"그럼 요 다음에는 아무 말도 하지 않겠습니다."

"그래라. 그럼 영락없이 맞힐 테니 보란 말이야."

일이 이쯤 되면 이제부터는 두수의 수입이 생기는 판이다.

"만일 못 맞히시문 어떡하시겠어요?"

"한 번 못 맞힐 적마다 십 원씩 주지."

"작년에는 십 원으로 됐지만, 금년은 모든 물가가 오른 대신 화폐 가치가 떨어져서 십 원으로는 안 되겠습니다. 백 원씩 주십시오."

"백 원은 너무 비싸다. 좀 싸게 해라!"

"백 원이 비싸다구 하시는 건 맞힐 자신이 없어서 그러시는 게지요?"

"그, 그렇지 않다. 인플레를 방지하기 위해서다."

"그럼 절충해서 오십 원으로 하십시오. 아무래도 자신이 없으셔서 백 원 내시기가 걱정이신 것 같습니다."

하였더니, 나 교수는,

"당치두 않은 소리. 그럼 백, 백 원이라두 좋다."

한다. 이리하여 두수의 장사는 시작되었다. 결코 밑지지 않는 장사다. 맞으면 다행이고, 안 맞으면 돈이 생기고…….

그 산에는 정말 꿩이 많았다.

한 시간이 지나는 동안에 두수는 오백 원이나 벌었다.

탕!

"백 원!"

탕……탕!

"백 원……백 원."

두수는 신바람이 났다. 나 교수는,

"만일 멧돼지를 잡으면 그 돈은 도로 다 내게 줘야 한다."

하고는 두수를 한 번 흘겨보는 것이었다. 마치 두수가 멧돼지라는 듯이…….

"좋아요. 돌려 드리겠습니다. 멧돼지는 잡히지 않을 테니까요."

백 선생도 이제는 따분하지 않았다.

"꿩을 잡으러 온 것이 아니라 구경하러 왔습니다그려? 선생님 덕분에 산 꿩을 많이 구경하고 또 웅혼한 심기도 많이 길렀습니다. 하하하……."

사양 없는 백 선생 말에 나 교수는 기가 막히다는 듯이,

"예끼 사람, 그럼 자네가 한번 쏘아 보려나?"

하며 총을 백 선생에게 내맡긴다.

"그러겠습니다. 내기를 하십시다. 천 원씩 걸구요."

"그거 좋은 말일세. 못 맞히면 자네가 내게 천 원을 주구, 맞히면 내가 자네한테 천 원을 받구."

"그러면 어차피 선생님만 받게 되시게요?"

"하하하……그걸 아는 걸 보면 자네 머리 속에도 뇌가 있

네그려. 나는 메주인 줄만 알았더니……."
 나 교수의 말이 떨어지기도 전에 백 선생이 잡은 총 구멍에서 탕! 하는 소리가 났다. 동시에 눈앞 10미터 지점에 있는 앙상한 나뭇가지 위에서 새 한 마리가 땅에 떨어졌다. 백 선생은 달려가서 그것을 집어 들고 와서는 나 교수 앞에 손을 내밀었다.
 "자, 천 원 주십시오."
 하고 다른 손으로는 잡아 온 날짐승을 들어 보이었다.
 "그건 꿩이 아니라 산비둘기 아닌가?"
 "산비둘기는 짐승이 아닙니까? 자, 천 원."
 "아니야, 꿩을 맞혔을 경우지, 어디 산비둘기란 말이야 있었나?"
 "좋습니다. 꿩을 쏘면 주시지요?"
 "암, 여부가 있나. 주구말구……."
 이런 이야기를 주고받으며 일행은 산판을 헤매었다. 오후 한 시가 넘도록 아무 수확이 없다가 탕 하는 총 소리에 정신을 차려 보니, 백 선생이 쏜 총에 토실토실 살이 찐 장끼 한 마리가 떨어졌다. 빗자루 같은 꽁지를 뻗치고 눈 위에 뒹구는 장끼는 정말 탐스러운 것이었다.
 "자, 천 원 주십시오. 이건 분명 꿩입니다."
 "동물학자에게 감정을 받기 전에는 꿩이라고 인정할 수 없지. 더구나 그것이 꿩이라 할지라도 우연히 맞은 건 소용이 없지. 정말 실력으로 맞힌 경우에 한해서 내가 천 원을 지불할 의무가 생기거든, 하하…… 알았나?"

"모르겠습니다."

꿩이 아니라고 억지를 쓰던 나 교수는 떨어진 장끼를 얼른 집어서 허리에다 차면서,

"자, 이번엔 내가 모범 사격을 할 테니 보란 말이야."

하고 백 선생에게서 총을 빼앗아 갔다. 아무래도 천 원이 아까운 모양이다.

이리하여 다시 한두 시간 지나가는 사이에 두수에게는 다시 삼백 원이라는 새로운 수입이 생겼다.

그러나 그날은 해질 무렵까지 쏘다녀도 한 마리의 수확도 더는 없었다.

나 교수는 시골에서 하루 이틀 묵어 가자고 한다. 무슨 짓을 해서라도 멧돼지를 잡지 않고는 돌아가지 않겠다고 고집을 부린다. 해마다 그렇듯이, 이번에도 총알을 충전하는 것은 두수의 소임이다. 탄피에 화약을 다져 넣고 거기에다 탄환을 넣은 다음, 양초를 녹여서 봉하는 일이다. 시골 집에 주인을 잡고 호롱불의 심지를 돋우며, 나 교수는 총 소제를 하고 백 선생은 젖은 옷을 말리며 두수와 정선이는 총알을 잰다.

이 일을 하다가 두수는 무릎을 탁 치며 후훗 하고 웃었다.

"왜 웃어?"

 초를 녹이고 있던 정선이가 두수의 얼굴을 쳐다보며 중얼거렸다.
 "내일은 수입이 훨씬 많을 테니 봐라."
 "어째서?"
 "총알이 들어간 탄환과 화약만 넣은 탄환의 두 가지 종류로 만든다."
 하고 두수가 속삭이었다.

"그럼 어떻게 되니?"

"어떻게 되긴 어떻게 돼. 쏘아두 소리만 요란히 나구 총알은 안 나가지. 꿩 잔등에다 대구 쏴두 꿩은 죽지 않아. 하하……."

웃음소리만은 귓속말이 아니었다.

"왜 호들갑을 떠느냐?"

사냥 성적이 불량하므로 역정이 난 나 교수가 버럭 고함을 질렀다.

"아, 아무것도 아닙니다."

"일찌감치 자거라."

"네."

두수와 정선이는 자리에 누웠다. 낮에 고단했던 탓인지, 금세 잠에 곯아 떨어졌다. 이튿날 아침은 날씨가 더욱 맑았다. 가뜬해진 심신으로 일행은 다시 출발하였다. 걷기에 진력이 난 백 선생은, 나 교수에게 무슨 이야기를 좀 하라고 재촉하였다.

"그래, 하지. 옛날 나무꾼 하나가 우리들처럼 눈길을 걷고 있었다네. 그런데 바로 눈앞에 매에게 쫓긴 꿩 한 마리가 눈에 머리를 박고 몸뚱이는 밖에 남겨 둔 채 박혀 있더라지. 그래서 나무꾼은 어렵지 않게시리 그 꿩을 잡아 가지고는 불을 피워서 구워 먹을 양으로, 산 놈을 그대로 털을 뽑아서 새빨갛게 만들었다네. 꿩은 산 채로 털을 뽑아야 맛이 있다니까……."

"그거 몹시 아팠겠습니다."

백 선생이 대꾸를 놓았다.

"암, 말할 것 없지. 털 세 개를 뽑히면 아무리 성현 군자라도 싸우지 않는 사람이 없다는데, 엄동설한에 전신의 털을 모두 뽑혔으니까 그 꿩이야말로 죽을 꿈 꾼 놈이지……. 아, 그랬는데, 막 불에 구우려고 할 때 고만 실수해서 꿩이 손

사이를 빠져서 푸드덕대며 달
아나 버렸다네. 새빨갛게 벌거
벗은 놈이 하늘 높이 날아가
는 것을 바라보고만 섰는 나무
꾼은 정말 분해서 못 견딜 노릇이었으나, 하는 수 없지 않
았겠나? 안타깝고 분하고 야속스럽고 아쉽고……. 그러고
보니, 배도 고프단 말이지. 그래서 하는 말이 '가긴 갔으나
좀 추울 거야.' 하더라네."

"하하하……."

하고 백 선생이 웃고 있을 때,

"앗, 꿩!"

하고 정선이가 소리쳤다. 바로 몇 걸음 앞에서 꿩 한 쌍이
달아났다.

탕, 탕!

그러나 꿩은 유유히 침착하게 가 버렸다.

"거 이상한데…… 이번엔 꼭 맞았을 텐데……."

"맞았다면 가긴 갔으나 좀 아플 테지요, 하하하……."

하고 백 선생은 영문을 모르고 웃었으나, 두수가 또 백 원
을 받았을 것은 물론이다. 총알이 안 나가고 소리만 나는
총은 딱총이다. 딱총에 맞아 죽을 꿩이 세상에 어디 있으
랴. 이 날 사냥에서 나 교수는 가지고 온 돈 전부를 두수에
게 빼앗겼다. 그래도 돌아오다가 산토끼 한 마리를 잡게 되

어, 나 교수는 내일 하루만 더 하자고 주장하였다.
"인제부터 본격적인 솜씨가 나는구먼. 내일은 멧돼지가 틀림없을 걸세."

그러나 백 선생과 두수, 정선이는 돌아가기를 역설했다. 나 교수는 혼자서라도 묵을 생각이었으나, 주머니에는 돈이 한 푼도 없다. 백 선생이 두수를 부추기어서, 나 교수가 이자를 낼 터이니 취해 달라는 것을 강경히 거절하도록 해 놓았기 때문에, 그날 밤차를 타고 일행은 서울로 돌아오게 되었다. 꿩 한 마리, 산비둘기, 그리고 산토끼 한 마리를 잡은 공을 전부 나 교수에게 돌리기로 협정이 성립된 뒤에야 서울로 돌아갈 것을 나 교수는 허락하였던 것이다.

찻간에서 두수는 지폐 뭉치를 꺼내 놓고 세면서 벙글벙글 웃는 것이었다.

나 교수와 백 선생을 포함한 세 사람의 얄개 중에서 가장 우수한 얄개는, 바로 우리의 나 두수 군임은 더 설명할 필요도 없다.

섣달 그믐날이 되었다. 동숭동 나 교수 댁에서는 망년회가 열렸다. 할머니도 어머니도, 그리고 두수도 백 선생을 초대하자고 했다. 두주 양도 은근히 그런 눈치였으나 나 교수는 끝내 반대했다. 그 까닭을 아는 사람은 두수와 정선이밖에 없다. 비밀을 지키도록 손을 쳐들고 맹세까지 하였으니까 둘은 잠자코 있겠지마는, 백 선생이 왔다가는 전날 사냥

갔을 때 일이 폭로될지 모르니까 그것을 염려한 나머지 취해진 조치라고 두수는 생각하였다. 세 마리 다 나 교수 자신이 쏘았다고 여러 번 집안 식구들에게 자랑을 했으니까 말이다.

백 선생이 저절로 올는지 모른다는 염려에서, 나 교수는 서둘러서 이른 저녁을 먹도록 하였다. 그래도 마음에 안되었던지, 독신으로 남의 집 살이를 하는 백 선생을 위해서 찬합에다가 음식을 넣어서 두수더러 갖다 주고 오라는 것이었다. 두주가 정성껏 붙인 전이며, 떡이며, 그 밖에 문제의 꿩으로 만든 음식을 담은 찬합을 들고 두수와 정선이는 인숙이 집으로 백 선생을 찾아갔다. 그러나 백 선생은 집에 없었다. 곧 돌아오느냐고 물었더니, 인숙이는 새치름해서 내일 아침까지는 돌아오지 않는다고 한다. 어디에 가셨느냐고 재차 물었더니, 학교에 숙직을 하러 갔다고 한다. 음식을 그냥 맡겨 두면 다 식을 터이므로 그 길로 학교까지 가도록 정선이와 의논을 하고는 숙직실로 백 선생을 찾아갔다.

"선생님, 웬일이십니까? 설을 왜 학교에서 맞으십니까?"

하고 정선이가 묻자 백 선생은,

"이런 날은 독신 선생이 도맡아 놓고 숙직을 하는 법이라네. 가정을 가진 선생님들은 이런 날일수록 숙직하기를 싫어 하니까……"

하고는 푹 한숨을 쉬신다. 찬합을 드리고는 곧 일어서려는

데 백 선생이,

"덩그란 건물 속에 혼자 있기가 적적하니, 놀다들 가거라. 이 음식으로 여기서 망년회를 하자꾸나."

하며 붙드는 것이었다. 어쩐지 그냥 떨치고 일어나기가 잔인한 듯해서 두수는,

"그것 좋습니다. 용호도 부를까요?"

했더니, 백 선생도 찬성이었다. 그래서 전화로 용호를 불러서 사제 네 명은 밤이 가는 줄을 잊고 재미있게 놀았다.

이야기에도 트럼프에도 진력이 난 두수가 새로운 제안을 한 것이 이 때였다.

"우리 세 명 중 누가 제일 겁이 없나 한번 시험해 보자."

이 말에 정선이는 약간 불안해하는 눈치였으나 용호는 대찬성이었다.

이리하여 시담회를 하자는 의견이 가결되었다. 용호가,

"어디 가서 무슨 짓을 하기로 할까? 가만 있자, 홍제동 화장장에 가서 뼈다귀를 주워 오기로 할까?"

하고 의견을 내었다.

"너무 멀구 시간도 많이 걸리구, 또 춥구…… 그건 너무 어렵다."

"그럼 운동장 변소 뒤 느티나무 아래에 가서 재주를 넘기로 할까?"

"예끼, 이 자식아."

두수는 펄쩍 뛰었다.

"하하하······."

용호와 정선이가 간드러지게 웃는 것을 보고 백 선생이,

"그것도 재미있겠다."

하였으나 두수는,

"재미없습니다. 절대로 재미없습니다."

하고 전신을 흔들며 부인하는 것이었다.

"그보다도 좋은 수가 있다. 복마전에 가서 해골 표본에 입을 맞추고 오는 게 어때? 그걸 하기로 하자."

하고 두수가 외치니 정선이는,

"복마전이 어디야?"

하고 물었다.

"삼층에 있는 생물 표본실 말이다."

하고 두수가 대답했다. 독자 여러분은 기억하리라. 언젠가 인숙이를 혼내 주려고 두수와 용호가 도깨비 가면을 만들던 곳이다. 밤에는 귀신이 나온다는 전설까지 있는 곳이니, 시담회 장소로는 안성맞춤이 아닌가······.

"그것 좋다."

이리하여 세 학생은 가위바위보로 차례를 정하였다. 용호, 두수, 정선이의 차례로 순서도 작정되었다. 용호는 허세를 부리면서 숙직용 회중 전등을 들고 복도로 나왔다.

"잠깐만."

배짱 시험 231

두수가 불렀다.

"정말 다녀왔는지, 도중에서 돌아왔는지 알 수 없을 테니까, 해골 표본에다 모자를 씌워 놓고 오너라. 다음에 내가 가서 그 모자를 벗겨 오는 걸루 증거를 삼겠다."

"좋다, 그렇게 하자."

하고 용호는 복도로 나섰다. 이삼 분 지났을 때, 숨이 턱에 닿아서 용호가 숙직실로 뛰어들어왔다. 얼굴이 백지장처럼 하얗게 변해 있다.

"다녀왔니? 그런데 모자는 왜 쓰고 왔어?"
"음, 음…… 나 물 좀……."
"왜 그래?"
"표, 표본실에 누, 누가 있다. 불빛이 복도에까지 비치고 있어……."

하고는 숨을 가쁘게 몰아쉬고 있다. 그러나 두수는 껄껄 웃었다.

"에잇, 겁보자식, 있긴 누가 있단 말이냐. 그럼 내가 다녀

올게."

하며 두수가 용호의 모자를 벗겨 쓰고 회중전등을 빼앗아 들고서 나가려고 할 때 백 선생이,

"나도 같이 가자, 이상한 일이로구나."

하며 나서는 것을,

"선생님하구 같이 가면 시담회가 되지 않습니다. 염려 마십시오, 곧 다녀오겠습니다."

하고 뽐내었다.

"아, 아니야. 정말 사, 사람이 있는 것 같아."

용호는 눈알을 번득인다.

"겁보 자식은 잠자코 있어. 있긴 누가 있단 말이야? 내가 보고 온다."

하고 두수는 혼자서 삼층으로 올라갔다.

긴 복도를 지나 생물실로 들어가는 작은 복도로 접어드니, 정말 방 안에서는 불빛이 흘러나오는 것이었다. 벌렁벌렁하는 것이 분명 촛불인 모양이다.

두수는 머리카락이 쭈뼛하고 온몸에 소름이 오싹 끼쳤다. 하지만 다음 순간, 두수는 속으로 허허 하고 웃었다.

용호의 장난임이 분명하다. 나를 놀라게 하려고, 자식이 촛불을 켜 놓았구나, 하고 생각하니 용기가 솟아났다.

두수는 생물실 문을 똑똑 노크했다. 아무 소리도 없다. 문을 열고 방 안으로 들어섰다. 테이블 위에 조그마한 초 한

자루가 불이 켜진 채 놓여 있다. 두수는 전등으로 방 안을 비춰 보았다. 아무도 없다.

"하하하…… 자식이."

하면서, 해골 표본 앞으로 가까이 가려는데 무엇이 발부리에 걸리는 것이 있다. 보니, 커다란 자루다. 두수는 자루를 헤치고 속을 보았다. 자루 속에는 현미경, 은으로 만든 우승컵, 값어치 나갈 실험 도구들이 가득 들어 있다. 그 때, 두수는 정신이 퍼떡 났다. 등골에 냉수를 끼얹은 것 같은 느낌이었다. 찰나에 달아나려고 몸을 휙 돌이킨 두수의 눈 앞에는, 얼굴에 복면을 쓰고 손에 단도를 든 괴한이 가로막아 서 있지 아니한가.

"앗!"

두수는 반사적으로 뒤로 물러섰다. 괴한은 칼을 내밀며,

"떠들면 죽을 줄 알라. 내가 나갈 때까지 꼼짝 말고 여기에 있어야 해."

하면서, 물건이 든 자루를 끌어당긴다.

더 말할 나위도 없이 도둑놈이 분명하다. 자루를 잡으려고 괴한이 몸을 굽히는 순간, 두수는 진열장에서 약병 하나를 꺼내 들었다.

"이건 유산이다. 이게 묻으면 피부가 탄다. 유산 세례를 받기 싫거든 손을 들고 앞서라."

하고 고함을 쳤다. 괴한은 빙그레 웃더니,

"내가 아까 다 봤다. 그것은 유산이 아니라 알코올이다."

하였다. 이 때, 두수가 손에 든 약병을 본 것이 실수였다. 순간 비호같이 달려든 괴한에게 어깨를 찔린 것과 약병을 내던진 것이 동시의 일이었다. 약병이 깨지면서 알코올 냄새가 풍긴다. 괴한의 팔에 스친 촛불이 떨어지면서, 엎질러진 알코올에 불이 당기어 화염이 기둥처럼 뻗어 오른다. 여기에 놀란 괴한이 두수에게 시선을 옮겼을 적에, 두수는 전신의 힘을 모아 가지고 총알처럼 달려들어 손에 든 회중전등으로 괴한의 명치 끝을 찌르고 동시에 무릎으로는 배 밑을 차 올리면서, 몸을 굽히는 도둑의 미간을 차돌 같은 이마로 받아 올리었다.

끙!

하는 소리와 함께 괴한은 썩은 나무 쓰러지듯이 푹 고꾸라진다. 모두가 순간의 일이었다. 그러나 이러고 있을 때가 아니다. 불이 타고 있지 아니한가. 두수는 점퍼를 벗어서 불을 덮치고는 그 위에 몸을 뒹굴어서 불을 껐다.

불이 꺼지는 것을 본 두수는, 그 때야 어깨에 뻐근한 아픔을 느끼었다.

불과, 이삼 분 사이에 벌어진 일이다. 두수의 눈에는 벌떡 일어나는 괴한이 보였다. 그리고 귀에는,

"두수야, 두수야……."

하며 복도를 달려오면서 부르는 백 선생의 음성이 꿈 속

에서처럼 들렸다.

그것뿐이다. 그 뒤에는 기억이 없다.

두수가 정신을 차린 때에는, 낯선 방 침대 위에 누워 있는 것을 겨우 의식했을 뿐이다. 둘러보니 백 선생, 아버지, 그리고 허드슨 박사도 보인다.

"의식이 회복되었습니다."

하는 것은 용호 아버지 김박사다.

"도둑은……? 불은……?"

이렇게 소리치며 일어나려고 하니까, 어깨가 불이 붙은 듯이 아프다.

두수가 그대로 누웠을 때, 허드슨 박사가 입을 열었다.

"두수 학생, 안심하오. 도둑 잡고 불도 껐소. 두수 학생 용감하오, 감사합니다. 학생 활약하여서 학교 구하였소."

하며 박사는 손수건으로 눈물을 닦는다. 두수는 다시 잠이 들었다. 잠을 깬 때는 두주 누나와 인숙이, 그리고 수학배 선생까지 와 있었다. 그때야 알았지만, 얼굴에도 붕대가 감겨져 있다. 백 선생의 말에 의하면, 그 도둑은 전과가 3범이나 되는 흉악한 절도범으로, 백 선생이 체포해서 경찰에 인도하였다 한다. 두수는 어깨에 전치 1개월의 상처를 입고 얼굴에도 약간의 화상을 입었는데 흉터는 남지 않으리라고 하는 것이었다.

용호가 뛰어들어오며,

"두수야, 이거 봐라, 신문에 났다."
하면서, 신문 한 장을 펴서 보인다.

작은 영웅 나 두수 군 대활약

　이 같은 제목 아래 두수의 사진까지 실린 기사가 났다. 한 달 가까이 두수는 입원하여 있었다. 그 사이에 두주 누나는 눈물겹도록 정성을 다하여 두수를 간호하였다. 인숙이도 자주 왔다. 이제는 두수더러 오빠, 오빠, 하고 부르는 것이었다.

　허드슨 박사도 가끔 와서는 여러 말로 위로하고 자주 기도를 하고는 돌아갔다. 학교에서는 두수를 표창하기 위해서 대대적인 준비를 하고 있다고 한다.

　내일이면 퇴원을 한다는 전날 밤은, 저녁부터 함박눈이 내리기 시작하더니 밤이 들어서는 까만 유리창 밖에 소복이 쌓였다. 두주 누나는 오랜 간병에 지쳤는지, 옆에서 코를 골며 잠이 들어 있다. 사방은 고요하다. 이따금 멀리서 외마디 기적 소리가 뽀오 하고 들려올 뿐이다.

　두수는 잠이 오지 않았다. 별안간 어디선가 찬송하는 소리가 들린다.

날빛보다 더 밝은 천당
믿는 곳 예비하신 구주…… 믿는 마음으로 멀리 뵈네
있을 곳 예비하신 구주……

용호가 들어온다.
"자지 않고 왜 또 왔니?"
"네가 놀랠까 봐 왔다."
"저 찬송 소리 말이냐?"
"응…… 입원했던 환자가 세상을 떠났어."
"너희 아버지가 또 사람을 잡았구나."
"예끼, 이 자식!"
"하하하…… 내일이 개학이라는데 빨리 가서 자."
"응, 그럼 잘 자라."

용호가 나간 뒤에도 두수는 잠을 이룰 수가 없었다. 기차 소리가 또 뽀오 하고 들려온다.

저 기차에는 누가 타고 있을까. 근심을 가진 이, 기쁨을 가진 이, 슬픔을 품은 사람, 흉악한 계획을 품은 사람…… 여러 가지 종류의 사람들이 섞이어 설친 잠을 자고 있을 것이다. 어디로 가는 것일까. 고달픈 나그네를 싣고 기차는 어디로 가는 것일까. 또 찬미 노래가 들려온다.

며칠 후 며칠 후

요단강 건너가 만나리……

옳다! 인생 자체가 그냥 나그네 길이다. 어디로 와서 어디로 가는지 모르는 나그네—지구라는 기차를 타고 한없이 달려가는 나그네다. 세상에 살아 있는 동안, 수많은 사람에게 신세를 지고 살다가 저렇게 죽는 것이 사람의 타고난 운명이다. 그렇다면 값있게 살아 보자. 남을 돕고, 남에게 이익을 끼치면서 살아 보자. 이 세상에 빚진 것을 다 갚고 가야만 한다. 아버지나 어머니나, 두주 누나나 백 선생이, 모두 다 고달픈 나그네다. 우선 내 주변에 있는 사람들부터 도와 나가자. 한 걸음 더 나아가서 남을 돕기 위해서는 배워야 한다. 열심히 공부하여야 한다.

두수는 웬일인지 자꾸 눈물이 나는 것을 막을 수 없었다.

배짱 시험 날 밤의 일이 생각난다. 내년 섣달 그믐날 밤에는 백 선생님도 숙직을 하지 않도록 내가 힘써 보리라. 할머니가 말씀하신 대로 두주 누나를 선물하리라.

이렇게 생각하니, 저절로 웃음이 난다. 새 출발…… 내일부터는 새 출발이다.

찬송 소리가 또 들려온다.

하늘 가는 밝은 길이 내 앞에 있으니
슬픈 일을 많이 보고 큰 고생 하여도
하늘 영광 밝음이 어둔 그늘 헤치니
예수 공로 의지하여 밝은 빛을 보도다……

밖에서는 아직도 눈이 소리 없이 내려서는 소복소복 쌓이고 있다. 저 눈이 녹으면 봄이다. 두수는 자신의, 인생의 봄을 구가하려는 듯이 벌떡 일어나 앉아서 주먹으로 멈추지 않는 눈물을 닦고는 혼자 빙그레 웃어 보는 것이었다.

할머니

할머니

1

 수원서 할머니가 오셨다. 할머니는 아버지의 어머님이니까, 아버지는 할머니의 아들이다. 그러니까 우리들 삼남매는 할머니의 손자들이 된다.
 그 손자 셋이 어느 날 모여 앉아서, 장난에 지친 몸을 화롯가에 모으고 얘기를 주고 받으며 밤알을 구워 먹고 있었다.
 화제는, 이 세상에서 제일 무서운 것이 무어냐는 것이었다. 금숙 누나는 머리를 갸우뚱하고 한참 동안 생각하다가,
 "나는 사람이 제일 무서워. 밤길을 걷다가 사람을 만나게 되면 어찌나 겁이 나는지 몰라."
 그러면서, 정말로 겁이 나는 듯이 목을 움츠리며 담요 속으로 기어들었다.
 그 말을 들은 동생 금식이는,
 "그런 줄 몰랐더니, 누난 바보야. 사람이 그렇게 무서워서

야 어디 사람들이 사는 세상에서 살 맛이 있을라구? 하하하……"

하고 어른스럽게 제 멋에 점잖이 웃었다.

초등학교에 다니는 동생에게 놀림감이 된 금숙이는 약이 바짝 올라서 얼굴까지 붉히며,

"그래 금식이는 사람이 무섭지 않다는 말이야? 6·25 때만 해도 봐요. 총알보다도, 폭탄보다도 나는 사람이 제일 무서웠어."

하고 눈알을 굴리며 동의를 구하는 것처럼 방안을 휘둘러 보았다.

"언닌 뭐가 무서우?"

하고 금식이가 묻는 말에 나는,

"과학의 힘, 이게 제일 무섭다고 생각해."

하고 대답하였다. 금식이는 재차,

"그렇게 막연한 거 말고 우리 신변에 있는 걸로 구체적으로 말해야 될 게 아니겠수?"

하고 막연이니, 신변이니, 구체적으로니 하는 어려운 말을 써 가면서 눈을 깜빡거리고 있다가,

"나는 말야, 호랑이가 무서워. 그리고 사자도 무섭고……그렇지만 그보다도 치과 병원 의사가 제일 무섭지."

하고 손으로 입을 가리는 것이었다.

금식이는 건강하기도 하였지만 제일 싫어하는 것이 병원이었고, 그보다 더 싫어하는 것이 주사 맞는 일이었다.

학교에서 맞는 예방 주사를 어떻게도 교묘하게 피하는지, 한 번도 맞아 본 일이 없다고 한다.

팔에 맞는 주사도 그렇게 싫어하는데 잇몸에다 주사를 놓고 집게로 이빨을 뽑는 일을 좋아할 리 없는 것은 뻔한 노릇이다.

몇 해 전 이를 갈 적에, 치과를 가라면 가는 척하고는 돌아와서 의사가 없다는 둥, 오늘은 노는 날이라는 둥…… 무슨 핑계든지 둘러대서 근덩근덩 흔들리고 있는 이빨을 그대로 두고 다니다가 덧니가 잇몸 바깥으로 비죽이 나온 때라야 하는 수 없이 울상을 하고 걱정을 시작하는 것이었다. 그래서 늘 아버지가 데리고 가서 호령호령 해가며 이빨을 뽑았던 것이다. 이런 경험을 가진 금식이가 치과 의사를 무서워하는 것도 무리는 아니었다.

"언니도 어서 말해봐. 구체적으로 말야."

금식이는 '구체적'이라는 말을 쓰기 좋아했다.

"그래, 그럼 구체적으로 얘길 하지. 나는 이 세상에서 제일 무서운 것이 할머니다."

하였더니, 옆에서 신문을 읽고 계시던 아버지와, 바느질을 하시던 어머니까지 허리를 펴지 못하고 웃으시는 것이었다.

"난 할머니가 무섭진 않아. 잔소리가 귀찮을 뿐이야."

금식이는 귀찮다는 듯이 이맛살을 찌푸리는 것이었다.

"무섭지 않긴…… 아버지도 할머니 앞에선 꿈쩍을 못 하시는데 무섭지 않아?"

하고 내가 물었더니,

"글쎄 무섭지는 않대두…… 좀 시끄러울 뿐이지."

하긴 할머니가 오시기만 하면 온 집안 식구 중에서 할머니의 걱정을 듣지 않는 이가 한 사람도 없다. 일갓집에서들도 할머니를 잔소리꾼이라는 별명으로 부르지만, 할머니가 귀가 좀 어두워서 잘 알아듣지 못하시기에 망정이지, 귀가 밝으셨다면 생불이 떨어질 일이다.

그러나 칠십이 넘으신 할머니의 잔소리를, 아버지께서는 조금도 귀찮아하시거나 시끄러워하시는 일이 전혀 없었다.

할머니가 집에 와 계신 동안, 우리들은 되도록 일찌감치 학교로 떠난다. 꾸중과 편잔을 되도록 일찍 피하는 것이 상책이라고 알고 있기 때문이다. 할머니가 잠이 깨시기 전에 집을 나서려고 하나, 아무리 일찍 채비를 하여도 할머니는 항상 현관까지 따라 나오시어서,

"애들아, 행길가서는 전차, 자동차, 자전거, 우차, 마차…… 그리구 또 뭐든지 옳지! 그 오도……오도……"

"오토바이."

하고 금식이가 소리를 치면,

"옳아, 그 오도바이를 조심해야 한다. 난 그 놈의 오도바이가 싫더라."

하고 매일 아침 염불 외듯이 하시는 할머니는 오토바이를 제일 못마땅해 하신다. 언젠가는 할머니가 또 현관에 나오시어서,

"……전차, 자동차, 우차, 마차……그리구 또 뭐더라……"

하실 때에 금식이가,

"비행기, 거북선……"

하여서 우리가 깔깔 웃었더니, 아버지께서 들으시고 몹시 야단을 치신 적이 있다.

할머니는, 오십이 다 되시어 센 머리카락이 희끗희끗 보이는 아버지가 외출하실 때에도 꼭 현관에 나오시어,

"아가, 행길을 건너갈 때에는 조심해야 써. 아차 실수하면 치여 죽는다. 행길 건너갈 적엔 아이들하고 장난을 하든지 날파람을 쳐서는 안 돼. 알아듣겠니?"

하시곤 해도 아버지는 끝까지 들으시고,

"어머니, 염려 마세요, 전차, 자동차, 자전거, 우차, 오도바이에 조심해서 다녀오겠습니다."

하시는 것이었습니다.

"그래. 그 오토바이란 놈에 더욱 조심해라."

하시고 신신당부를 하시는 것이었다.

할머니가 젊으실 때, 이웃집 애가 오토바이에 치어 죽은 것을 보신 뒤부터는 늘 머리에서 오토바이가 떠나지 않는 모양이라고, 아버지께서 어머니께 말씀하시는 것을 들었다.

2

"아마 할머니더러 이 세상에서 제일 무서운 게 뭐냐고 물어보면 틀림없이 오도바이라고 하실 거야."

금식이가 말했을 때, 식구들은 또 한 번 웃었다.

―그 할머니가 집에 오신 것이었다.

다른 때 같으면 일찍 학교에 갔다가 느지막해서 돌아오면 그만이지만, 지금은 겨울 방학이 아직도 십여 일이나 남은 때라, 꼼짝 없이 할머니와 같이 살아야만 했다. 따라서 할머니의 잔소리도 소화불량이 될 만큼 잔뜩 들어 먹어야 할 운명이다. 아버지께서는 고기를 사 들인다, 방에 불을 더 때게 한다, 하고 법석을 하신다. 할머니와 겸상으로 식사를 하시는 아버지는 할머니의 잔소리를 얼굴 하나 찡그리지 않고 다 들으시는 것이었다.

"얘야, 체할라. 고기는 깡깡 씹어 먹어야 해."

　라는 둥,
"큰 아이야(아버지를 가리켜서 하는 말), 감기 들라, 옷자락을 여미어라."
　라는 둥,
"밤에 이불을 차고 자면 배탈이 난다."
　라는 둥 하시면 아버지는 일일이,
"네, 깡깡 씹어 먹습니다. 옷자락을 여미겠습니다. 이불을 차지 않겠습니다."

하고 꼬박꼬박 대답을 하시는 것이었다.

그것도 조용히 대답하시는 것이 아니고, 북을 치는 듯이 커다란 소리로 말씀을 하시니, 이웃집에까지도 들릴 것이어서 나는 약간 창피스러웠다.

그렇지만 큰 소리로 하지 않으면 할머니는 잘 알아들으시지 못할 뿐 아니라, 남들이 작은 음성으로 소근소근하는 것을 할머니는 매우 싫어하시는 분이다. 할머니는 곧잘 딴 대답을 하신다.

"할머니, 저녁 잡수셨어요?"

하고 여쭈어도,

"오냐, 삼백 오십원 주고 샀다."

이런 대답을 하시기가 일쑤였고, 오늘 아침만 해도 내가,

"굿 모닝."

하고 금숙 누나에게 아침 인사를 하는 것을 들으시고,

"뭐, 굶었니? 굶긴 왜 굶어. 어서 밥을 먹어라."

하시고는 성화같이 조반 준비를 재촉하시는 것이었다. 내가 할머니를 무섭다고 하는 데는 까닭이 있다. 그렇게도 평소에는 엄격하신 아버지가 할머니 앞에서는 어떻게나 고분고분하신지도 모르고, 할머니는 아버지가 어릴 때 장난치신 일을 일일이 기억하고 계시어서, 혹시 아버지가 우리를 꾸중하실 때면 실례를 들어가며 아버지를 나무라시기도 하여 우리를 두둔하여 주실 때도 있지만, 역정만 나시면 아직 아버지의 종아리를 때리려고 드시는 할머니이기 때문이다.

언젠가 금식이가 학교에 안 가고 어른들이 안 계신 틈을 타서 교장 선생님에게 전화를 걸었다.

"어, 교장 선생님이십니까?"

"예."

"다름이 아니라, 우리 금식이가 감기가 들어서 오늘은 학교를 쉬게 했습니다."

"아, 그렇습니까. 알았습니다."

이렇게 대답한 교장 선생님은 아무래도 음성이 이상하다고 생각하셨던지,

"그런데 금식 군과 어떻게 되시는 분입니까?"

하고 물었을 때, 금식이는 그만 기가 질려서 얼른 대답한다는 말이,

"나는 우리 아버지올시다."

하였다.

"너 금식이 아니냐."

하는 교장 선생님의 쨍 하는 음성이 수화기를 통하여 들렸기 때문에 금식이는 얼른 수화기를 끊어 버리고 달아났다.

이 일이 교장 선생님으로부터 아버지에게 알려져서, 몹시 노한 아버지가 금식이 종아리를 마구 치실 때에, 마침 집에 와 계시던 할머니가 보시고 금식이를 구원하려고 쌍지팡이를 짚고 나서시었다.

"큰아이야, 너는 어릴 때 장난을 조옴 쳤니, 버려둬라, 버려 둬."

하고 고함을 지르시었다.

"어머니, 제게 맡겨 주십시오. 세상에서 도둑질 다음으로는 거짓말이 제일 나쁩니다."

"아니, 너는 그 제일 나쁘다는 도둑질도 하지 않았니? 콩서리, 이웃집 닭 끌어오기……"

이 말을 듣자 아버지는, 처음으로 발끈하셔서 할머니에게 대드시었다.

　"애들 교육하는 데 할머니가 하나하나 참견을 하셔서는 안 되십니다. 잠자코 계세요."

　"뭐라고? 참견을 하지 말라? 그래 시방은 네가 공·맹자나 석가여래처럼 철이 좀 들었나보다 했더니, 고작 어미 앞에 대들고 말대답을 한단 말이냐? 채찍 이리 내라. 너부터 종아리 좀 치자."

　하고 매를 꼬느어 드는 할머니 앞에 아버지는 말없이 머리를 수그리시었다. 할머니의 푸념을 들어 보면 이러하다. 아버지가 어릴 때, 이웃집에 닭 한 마리가 있었는데, 한 번은 낚싯대를 들고 울타리 너머로 낚시질을 하는 아버지를 보신 할머니가 이상히 여겨 가만히 보고 있느라니까, 그 낚시 끝에 옆 집 닭이 동동 매달리어서 끌려 오고 있었다는 것이다.

　그 일이 생각난 할머니가 채찍을 드신 것이다. 아버지는 갑자기 눈물을 뚝뚝 떨어뜨리면서,

　"어머니, 제가 오십이 다 되었어도 종아리를 때려 주실 어머니가 생존해 계신 것이 기쁩니다."

　하시는 것이었습니다.

3

 그래서 나는 할머니가 무섭다는 것이고, 그러니까 금식이는 할머니쯤은 무섭지 않다는 것이었다.
 그랬는데 이번 다니러 오신 할머니한테 금식이는 단단히 혼이 났다.
 다름이 아니라, 아직도 한 대 남아 있는 젖먹이 이빨을, 치과에 가서 뽑고 오라고 집안 식구가 모두 으르고 달래고 하여도 종시 말을 듣지 않다가, 나하고 같이 가기로 하여서 겨우 데리고 나섰는데, 환도하고는 처음으로 가는 병원이므로 금식이는 더 한층 불안해하는 눈치였다.
 병원에 다다르자 현관문에 써 붙인,
 〈방 치과(方齒科)〉라는 간판을 보고 금식은 질겁을 하였다.
 "언니, 방 치과라니, 이 병원에서는 방망이로 이빨을 때려 눕히우?"
 하고 묻는 것이었다.
 나는 웃음을 참지 못하였지만 한자를 모르는 금식이로서는 무리도 아니라 생각하고,
 "그런 게 아니라, 방이라는 성을 가진 의사가 하는 치과의원이란 뜻이다."
 하고 설명을 하여 주었더니, 그때야 약간 안심하는 듯이

슬금슬금 현관까지 따라왔다.

현관에서 우리 앞에 나타난 의사 선생님의 손에는 커다란 집게가 하나 들려져 있었다.

아마 피난 짐을 고르느라고 못을 뽑다가 그대로 들고 나온 모양인데, 금식이가 그 위대한 집게를 한 번 보자, 저 집게로 이빨을 뽑나보다 생각을 하였던지, 눈알이 번득거리더니, 걸음아 날 살려라, 하고 뒤도 안 돌아보고 달아나 버렸다.

집에 돌아온 금식이에게 할머니가,

"내가 주사도 놓지 않고 아프지도 않게스리 깜쪽같이 뽑아 줄 테니 어디 좀 보자."

하시고는, 싫다는 금식이를 붙들어 앉히고 두 겹으로 꼰 바느질 실 한 끝을 이빨에 동여매고, 다른 한 끝을 문고리에 잡아 매었다. 그것은 마치 장난꾸러기 강아지를 노끈으로 붙들어 맨 형국이어서 금식이는 꼼짝 달싹을 못 하는 것이었다.

"금식아, 이제 머리를 뒤로 나꾸채라."

하는 할머니 말씀에 금식이는,

"싫어, 아프면 어떡하게."

"아니야. 아프지 않다. 해 봐라."

하고 살살 달래는 할머니였지만, 흡사 싸움을 하는 것처럼 고함을 서로 지르는 것이었다.

할머니는 허리춤에서 성냥갑을 꺼내시어 불을 켜더니, 별안간 금식이 코 앞에 갖다 대었다.

질겁을 한 금식이가 불을 피하느라고 얼굴을 뒤로 젖히는 서슬에 이빨은 쑥 빠져 버리고 말았다.

할머니는,

"흠흠흠……"

하고 웃으시며,

"네 아버지두 이빨을 모두 이렇게 뺐단다."

─어머니나 아버지가 종아리를 때리는 일이나 이빨을 뽑아주는 일이, 당장에는 아프지만 결국은 사랑하시는 때문에 그렇게 하시는 거라고 큰 발견이나 한 듯이 새삼스럽게 느껴졌다.

이제 금식이더러 세상에서 제일 무서운 것이 무어냐고 물으면,

"할머니."

라고 대답할는지도 모른다.

하마터면

하마터면

　공부보다는 싸움에 더 취미를 가진 철수였다. 그러기에 체육과를 제외한 학과에는 늘 열등생이었고, 싸움이나 장난에는 우등생인 것이다.
　그러나 맨 끝은 아니다. 그렇지만 철수의 석차를 세는 데는 처음부터 세기보다는 끝에서부터 세는 것이 여간 빠른 게 아니었다. 이번 성적표를 받아 쥔 아버지는 어이가 없다는 듯이 허허 웃으시며 철수더러,
　"학생 수가 어느 거구, 석차는 어떤 게냐?"
　하시는 것이었다. 철수의 학교는 남녀 공학이었고, 철수네 반에는 꼭 칠십 명이 있는데, 학생의 수효를 적은 칠십이나 석차를 밝힌 칠십이나 마찬가지로 산용 숫자를 썼기 때문에, 칠십 분지 칠십이라고 적은 것만 보아서는 도무지 어느 것이 학생 수이고 어떤 것이 석차인지 분간하는 재주가 없는 사실이다.
　"말을 해 봐."
　이번에는 정색하고 하시는 말씀이었다. 아버지가 정색을

하시니, 철수는 말문이 막혀 버렸다. 아버지는 다시 웃음빛을 띠시면서,

"이런 걸 꼴찌라구 하지?"

하고는 담배를 피어 무시는 것이었다.

"……그렇지만 제 탓은 아닙니다."

아버지가 다시 머리를 돌렸다.

"그럼 누구 탓이란 말이냐?"

"대놓고 낙제만 하던 꼴찌가 다른 학교로 전학해 갔기 때문에, 부득이 제가 최후가 된 것입니다."

최후란 말이 아무래도 꼴찌란 말보다는 좀 나은 것 같아서 철수는 이렇게 말했다.

"그걸 핑계라구 하니?"

"그리구 또……"

"그리구 또, 뭐냐?"

"머리두 좋지 않아요."

머리가 좋지 않게 태어난 것은 유전학상으로 보아 부모의 책임이라는 듯이 이렇게 둘러댔건만, 실상은 자신의 머리가 좋지 않다고는 한 번도 생각해 본 적이 없는 철수였다.

철수의 머리는 남달리 앞이마와 뒷골이 툭 불거져 나와서 장구 모양을 한 남북 대가리다. 모자를 사도 남보다 유난히 큰 것으로 골라 사지 않으면, 갓을 쓴 것처럼 머리 위에 살짝 올려 놓고 다닐 수밖에 없는 형편이다. 철수의 별명은 남

북통일 형이라고 부르는 것도, 이 머리에서 유래한 것이다. 뒷골이 나온 사람은 두뇌가 명석하다는 말을 믿는 철수가 스스로를 저능아라고 믿지 않을 것은 물론이다.

 그러나 남북 통일 형이라는 별명을 듣기는 즐겨하지 않았다. 이 별명은 중학교 친구들이 지은 것이고, 어릴 때는 집안 식구들은 물론, 일가 친척까지도 '장구 대가리'라는 천덕스러운 별명으로 불렀다. 이것이 몹시 싫은 철수는, 할머니 댁에 세배를 갔다가 머리가 앞뒤로만 발달하는 까닭을 물은 적이 있었다. 그랬더니 할머니의 대답이, 어릴 때 옆으로만 누워 잤기 때문에 그렇다고 하시었다. 잠자코 듣고만 있던 철수는 베개를 내려서 베고 똑바로 누워 천장을 바라보며, 한 시간 가량 누웠다 온 일이 있다. 그러고는 열심히 거울을 들여다보나, 머리는 역시 장구 대가리였다.

 그러나 지금 아버지에게 문초를 당하는 마당에서 머리가 좋다고 말한다면, 그것은 한 학기 동안 게을렀다는 증언밖에 될 것이 없다. 이 말을 들으신 아버지는, 즉시 당황한 빛을 띠시면서,

"아, 아, 아니다. 머리가 나쁜 것은 네가 누룽지를 많이 먹은 탓이다."

 하고, 철수의 머리 나쁜 책임을 누룽지에게 씌우려고 하시는 눈치가 보였다. 일이 이쯤 되고 보면 책임이야 유전에 있건 누룽지에 있건, 머리가 나쁘다는 결론에는 이르렀으니,

하마터면 267

철수가 책임을 져야 할 이유는 없어졌다. 그러나 이만하고 그만두려나 보다 했는데, 아버지는 재차 공격의 화살을 던지는 것이었다.

"학교 성적이 언짢은 것은, 누룽지의 탓이라고 하겠지만은 조행에 병을 맞은 것도 누룽지 탓이냐?"

철수는 또 한 번 말문이 막히었다.

"그것은……."

"그것은?"

"그것은……장난의 탓입니다."

"학교에 장난이라는 과목이 있었다면 만점을 맞았을 걸 그랬구나."

"그야 물론이지요."

이것은 철수의 마음속으로 한 말이다. 집에서 하는 장난에는 조행 점에 영향이 없지만, 학교에서 친 장난은 일일이 선생님이 기억해 두었다가, 학년 말에 가서는 반드시 동티가 나곤 하였다.

언젠가 아저씨가 집에 놀러 왔을 때였다. 안경을 쓴 채로 잠이 든 아저씨의 안경 알에다 빨간 잉크를 잔뜩 발라 놓고는, 아저씨의 어깨를 사납게 흔들면서,

"불이야 불이야."

하고 고함을 질렀다. 놀라서 잠을 깬 아저씨의 눈에는, 온 세상이 새빨갛게 보였을 것이니, 아마 불바다 속에 있는 줄

만 알았던 모양이다. 발가벗은 알몸뚱이로 행길 밖까지 뛰어나가서는,

"불이야, 불이야!"

하고 서둘러대는 것이었다. 그러나 그 때에는 을을 맞았는데, 이번에는 그리 심한 장난도 아니었건만, 학교에서 한 것이었기 때문에 억울하게도 병을 맞게 된 것이다.

장난이라야 별것이 아니라, 아주 간단한 것이었다. 옆자리에 앉는 경식이를 한 번 두드려 주었기 때문이다.

이유도 까닭도 없이 때린 것이 아니라, 하늘을 대신해서 천벌을 내린 것인데, 선생님은 경식이 편을 들었다. 경식이는 본래가 철수 비위에 잘 맞지 않았었는데, 하는 짓이 하나하나 얄미운 것뿐이었기 때문이다. 철수만이 경식이를 미워하는 것이 아니라, 철수와 가까이 사귀는 몇몇 동무들은 모두 한결같이 경식이를 미워하였다.

―시험을 시작한 첫날 첫 시간의 수학 시험 때다. 좀 가르쳐 달라고 옆구리를 꾹꾹 찔렀으나 모른 체할 뿐 아니라, 도리어 답안지를 가리고 혼자만 쓰고 있기 때문에 허벅다리를 한번 꼬집었더니, 경식이는,

"아얏."

하고 고함을 쳤다. 감독하시던 R선생님이,

"무슨 소리야? 왜 그래?"

하고 물으셨을 때, 경식이는

"철수가 꼬집었습니다."
하고 고해 바쳤다.
"왜 꼬집어."
"가르쳐 주지 않는다구 꼬집었습니다."
얼마나 얄미운 말인가. 덕분에 R선생님으로부터 단단히 꾸중을 들은 철수는, 시간이 끝나자마자 장난꾼 친구들과 서로 짜 가지고 경식의 뒤로 가만히 가서 외투를 뒤집어 씌우고 여럿이 뭇매를 한 차례 때려 주었다.

"협조 정신이 결핍한 자식, 또 고자질을 좀 하렴, 이번엔 아주 없다, 없어!"

하고 울러메는 철수의 말에 겁이 났던지, 모기 소리만 한 가느다란 음성으로,

"부정행위를 하는 건 협조 정신이 아니다."

하고 종알거리었다.

"부정행위가 협조 정신이 아닐는지는 몰라도 고자질은 분명 반역 정신이다."

하고 또 때릴 시늉을 하였더니, 경식이는 목을 움츠리고 달아나 버렸다. 이런 일이 있은 지 며칠이 지난 어느 날 아침, 조회를 하느라고 전교생이 교정에 모였을 때, 철수와 경식이는 당번이어서 교실에 있었다. 시험공부를 한다 해도 때는 이미 늦었으므로 장난이나 칠 생각이 나서 여학생들의 가방을 열고 도시락을 꺼내서, 점심 반찬을 차례차례 핥아먹고는 칠판에 분필 글씨로,

"도시락 반찬을 시식해 본 결과, 정애의 것이 제일 맛났다."

하고 써 놓았다. 조회를 마치고 교실로 들어온 정애가 이것을 보고는, 훈육 주임 선생에게 일러바쳤다. 훈육계에 불려간 철수와 경식이는 문초를 받았다.

"누가 핥았니?"

"……"

"철수냐?"

"……"

"경식이냐?"

"……"

"왜 대답이 없어."

"철수가 핥았습니다."

경식이는 또 다시 반역 정신을 발휘하였다.

"음, 그럴 줄 알았다. 철수는 불결한 짓을 했으니, 불결한 것을 청소하는 정신을 길러야겠다. 그런고로 오늘부터 일주

일 동안 변소 소제를 해라."

이것이 벌이다.

(그런고로는 뭐가 다 그런고로냐. 손발이 꽁꽁어는 추운 날씨에 일주일 간이나 뒷간 청소란 너무 가혹하지 아니한가. 그러나 저러나 경식이 자식, 어디 두고 보자. 방과 후 변소에만 오는 날엔 한 번 곯려 줘야지.)

이런 생각을 하며, 자기가 저지른 일은 다 걷어 놓고 경식이만 나무랐다. 못된 바람은 남대문통으로 몰려든다는 속담대로 찍 해도 언짢은 일은 모두 경식이 탓으로만 돌리고 싶은 철수다. 벼르던 일은 헛되지 않아 그 이튿날 방과 후에, 변소 소제를 하던 철수는 유리창 너머로 변소에 오는 경식이를 발견하였다.

(옳지. 이 자식 좀 놀래 봐라.)

이렇게 생각하며, 뒷간에 숨어서 경식이가 들어오기를 기다렸다. 이윽고 나무 발판을 밟는 소리가 다가온다. 그 소리가 바로 철수 앞에 다다랐을 때,

"개자식, 똥 먹으러 왔니?"

하고 고함을 지르면서 뛰어나갔다.

"어……!"

하면서, 주춤 물러서는 사람은 경식이가 아니라 뜻밖에도 훈육 주임 선생님이었다. 놀란 훈육 주임 선생님은,

"너 지금, 개……뭐라구 했니? 똥……어쩐다구 했니?"

하고 눈을 부릅뜨는 것이었다.

"아, 아닙니다."

"뭐가 아니란 말야."

"저는 경식인 줄 알구서……"

"경식이 보구는 그런 말을 해도 좋단 말이냐?"

"그것도 아닙니다."

"그럼 뭐야."

"좋지 않다는 말입니다. 헤헤……"

하고 웃었다. 아까 선생님의 놀라던 모양이 생각나서 웃지 않고는 못 배겨날 일이었다. 등골에서 땀이 버쩍 났다. 울음 절반 웃음 절반의 괴이한 표정으로 말없이 나갔다. 불행한 일은 계속해서 일어나는 법인가보다. 하여간 이것도 경식의 탓이니, 단단히 보복을 해야겠다고 결심한 철수는, 그 이튿날은 일찌감치 소제를 끝마치고 길목에 지켜 서서 경식이가 오기를 기다리었다.

방학 날인 오늘 했다면 문제가 없었을 것인데, 분한 마음은 하루의 유예도 허하지 않는다. 멀리에 경식이가 나타났다.

"경식아."

부르며 철수가 행길로 썩 나섰다.

"왜 그래."

"내가 너를 좀 때리고 싶다."

"나는 맞고 싶지 않다. 남을 때리는 건 남북통일형이 아니라, 침략형이다. 괴뢰군이다……"

"무엇이 어째? 동지의 일을 밀고하는 건 배신이다. 간첩 행위다. 이 자식, 맛이 어떠냐."

하며, 뺨에 양떡을 한 개 먹이고 나서 마구 짓두들겨 주었던 것이다.

그 다음 날, 철수는 훈육계와 단골이 되었는지, 또 호출을 받게 되었다. 수도청장이라는 별명을 가진 주임 선생은 대뜸 철수의 뺨을 때렸다.

"아프냐?"

"아픕니다."

"왜 아프냐?"

"때리니까 아픕니다."

"왜 때리느냐?"

"제가 잘못했으니까 때립니다."

"왜 잘못했느냐?"

"모르겠습니다."

"뭐라구? 경식이를 왜 때렸어."

"제가 때리지 않으면 경식이가 먼저 때릴 테니까, 제가 먼저 때렸습니다."

"네가 남을 때릴 때도 맞는 사람이 아픈 줄은 알지?"

"압니다."

"그런데 왜 때려?"

"때리는 목적은 아프게 하는 데 있습니다. 아프지 않게 때리는 것은 때리는 근본 목적에 배치될 뿐만 아니라, 효과적이 아닙니다."

"그럼 근본 목적에 해당되도록 내가 너를 좀 때려 줄까?"

"폭행은 민주주의 교육 이념과는 상반됩니다."

"그러면 민주주의 교육 이념을 살려서 조행 점에 병을 주마."

"……"

이것이 이번 병을 맞게 된 경위 내력이었다.

일 주일 동안이나 설한풍 속에서 변소 소제를 하고 수도 청장에게 뺨을 얻어 맞은 보람도 없이 완전히 낙제를 하고 조행에는 병을 맞았다.

아버지 앞에 낙제를 하게 된 원인을 꼴찌 진학이라고 여쭈었으나, 사실대로 말씀드린다면 유전이나, 누룽지가, 꼴찌 진학의 탓이 아니라, 경식이 자식의 탓이라고 할 것이다. 하여튼 결정적으로 낙제를 하였으니, 새 학기부터는 무슨 낯을 들고 학교에를 나가야 하나…….

철수에게는 이것이 제일 걱정거리였다. 그보다도 더 못 견디겠는 일은, 그렇게도 얄밉고 야멸친 졸장부 경식이가 상급생이고 자기가 하급생이니, 깍듯이 경례를 해야 할 엄연한 사실이다.

생각만 하여도 가슴이 막히도록 답답한 일이다. 이렇게 가슴이 아픈 줄도 모르시는지, 아버지는 웃음을 거두고 다시 역정스러운 표정을 짓고 노려보시다가,

"에잇, 못난 자식."

하시며 피우시던 담뱃불을 철수 손등에 비비었다.

"아이구 뜨거워."

너무나 놀래서 벌떡 일어나 보니, 잠자리 위였다. 손등이 머리맡에 놓인, 불을 새로 담은 청동 화로에 닿은 것이다. 꿈이었다. 아, 꿈!

"오늘이 방학 날이라면서 어서 조반 먹구 학교에 가야지 지각할라."

부엌에서 어머니의 음성이 들려온다.

"누룽지 주랴?"

"아아뇨, 그만두겠습니다."

"왜?"

"글쎄요."

학교에 나갔다.

(꿈과 꼭 같으면 어떡하나……)

염려하면서 받아 쥔 성적표에는 조행점이 병으로 되어 있지 않았고, 석차란에도 칠십 분의 칠십으로 적혀 있지 않았다. 그러나 역시 끝에서부터 거슬러 세는 편이 빨랐다.

"하마터면……"

"낙제를 할 뻔했지?"
철수의 혼잣말을 들은 경식이가 참견을 했다.
"이 자식, 너 때문이야."
"하하하……"
철수는 남북 통일형의 장구같은 머리통을 쓰다듬으며,
"아, 이제부터는 장난을 집어치우고 공부를 열심히 해야겠다. 하마터면……"

이것은 철수가 마음속으로 혼자 중얼거린 말이다.

금동아 금동아

금동아 금동아

1

석금동이가 입학 시험을 치르고 일류로 알려져 있는 Y중학교에 입학이 되었다는 사실에, 집안 식구는 물론, 동네 사람들까지 놀라운 일이라고 생각하였다.

그도 그럴 것이, 육 학년이면서도 입학 시험 준비는커녕, 매일매일 학교에서 주는 숙제도 제대로 하지 않는 것처럼 보인 금동이였기 때문이다. 그러나 장난만은 대한민국 통틀어서 콩쿠르를 연다면 어렵지 않게 일등을 차지할 것이라고 누구든지 인정하는 바이었다.

금동이가 단장격이 되어 있는 한패 장난꾼이 있고, 그 장난꾼들은 금동이의 지령 하나로 손발처럼 움직이어, 금동이가 하려는 장난 쳐놓고 아니 되는 일이라곤 하나도 없을 만큼 유력한 지위에 있는 그였건만, 그것 하나만은 마음대로 되지 않으리라고 누구나 생각해 온 입학 시험이었다. 그랬는데, 그의 친구들은 모두 낙제가 되었지만은 금동이는 나 보아란 듯이 번듯하게 입학이 된 것이다.

　초등학교 일 학년에서는 둘찌를 하였다. 이 학년에서 세찌를 하였다. 그 때 아버지 앞에 통지를 내놓은 금동이는, 반드시 칭찬을 받으리라고 혼자 생각한 예상과는 반대로, 꾸중을 톡톡히 들었다.

"그래 둘찌, 둘찌가 뭐냐? 남들은 첫찌를 하는데……, 그래 이걸 가지고 공부했노라고 내 앞에 내놓는단 말이냐."

　금동이는 마음속으로 매우 섭섭히 여기었다. 남들은 열찌 안에만 들었어도 수고했다고, 아버지가 식당에 데리고 가고 선물을 사주고 한다는데 하고 생각하니, 가슴이 미어지는 듯 아프고 서러웠다.

　삼 학년 일학기에는 이를 악물고 열심히 공부한 결과, 석차에 첫찌라고 적힌 통지표를 받아 들고, 이번만은 영락 없이 칭찬을 들으리라고 생각하며 아버지께 뻐젓이 통지표를 보여 드렸으나, 웬일인지 아버지는 안색이 좋지 않으시더니,

"너희 학교에 정말 사람이 없나보다. 너 같은 게 다 첫찌를 했으니……"

　하고 결국 또 나무라시는 것이었다. 아버지는 말을 계속하여,

"워싱턴은 너 같았을 때 첫찌를 했을 뿐 아니라, 급장 노릇을 했다."

　하고 걸핏하면 내세우는 워싱턴이 또 나타나는 것이었다.

금동이는 약이 바짝 올랐다. 그래서,
"워싱턴이 아버지 같을 때에는 대통령이 되었습니다."
하였더니, 아버지는 말문이 막힌 듯이 한참 동안,
"음, 음……"
하며 머뭇거리고 나서,
"에, 아버지도 너 같았을 때 급장 노릇을 했어."
하고 거의 고함을 지르듯이 말씀하시는 것이었다.
"할머니한테 들으니까 아버지는 삼 학년 때 낙제를 하셨다던데요."
하고 금동이가 대들었더니,
"그건 할머니가 잘 모르고 하시는 말씀이다."
하고 어물어물 넘기시는 것이었다.
그래서 따져 볼 양으로 할머니께 성적표를 보여 드리면서,
"할머니, 이번에 나 첫찌했어요."
하고 여쭈었더니, 할머니는 펄쩍 뛰면서,
"앞집 삼돌이, 뒷집 은순이는 모두 쉰찌, 예순찌씩 했다는데 그래 첫찌가 뭐냐? 네 어머니가 이른 아침에 새벽 조반 지어서 정성껏 너를 학교에 보냈는데, 그래 겨우 첫찌를 해 왔다는 말이냐? 쯔쯧!"
하고 못마땅한다는 듯이 혀를 차는 것이었다. 금동이는 어처구니가 없어서,
"할머니, 첫찌가 제일 좋은 거예요."

하고 바로 가르쳐 드렸더니,

"이 놈, 거짓말 말아라. 네 아버지는 학생 시절에 오십찌를 내려와 본 적이 없었느니라. 육십찌건, 칠십찌건 늘 그랬었다. 너도 아버지를 닮아야 해."

하고 타이르는 것이었다. 아버지를 닮아서 육십찌, 칠십찌를 했다가는 낙제를 면하지 못 할 것이다. 그래서,

"할머니, 나도 그럼 육십찌, 칠십찌 할까요?"

했더니,

"아무렴, 다시 이를 말이냐. 그래야 낙제를 하지. 너도 가끔 낙제를 좀 해 보아라."

이 말씀에 금동이는 깜짝 놀랐다.

"다음부터 나도 낙제를 좀 할까요?"

하고 재차 여쭈었더니, 할머니는,

"그래야 써. 낙제라 하는 것은 담임 선생이 학생을 내놓기가 하도 아까워 일 년 더 붙잡아 두는 거라면서?"

하고 낙제를 못하는 손주 두신 것을 한탄하시는 듯한 표정을 지으시었다.

"아버지께서 그런 말씀 하셨어요?"

"그래, 네 아버지가 삼십 년 전에 한 말이지만은, 내가 여태도 영절스럽게 기억하고 있다."

하고 머리가 좋다는 것을 자랑삼아 하시는 말투였다. 그러나 아버지의 낯을 내어드리기 위하여, 금동이는 더 밝히러

들지 않고 할머니께는 잠자코 있었으나, 아버지도 학생 시절에는 어지간히 거짓말을 하셨나보다 하고 생각하며 푹 하고 웃었다.

2

삼 학년 이 학기에 금동이는 성홍열이라는 몹쓸 열병에 걸리어 사십 일 동안이나 자리에 누워서 꼼짝 달싹을 못하였다. 사 학년에 올라가서 학교에 나간 그는 과학, 지리, 분수……등을 새로 배우게 되어 공부가 힘에 겨웠다. 첫 학기 성적 통지표를 받은 그가 서른세찌라는 석차를 보고는 놀라지 않을 수 없었다. 가슴은 두근거리고 손발은 덜덜 떨렸다. 집으로 돌아오는 금동이의 발걸음은 저도 모르는 사이에 용산 쪽으로 향하였다.

열병을 치르고 난 핼쑥한 얼굴과 맥 풀린 다리로 한강 철교를 걷는 금동이는 노들강변 모래 위에 주저앉아서 점심도 먹지 않은 채 봄날의 기나긴 하루를 초조히 보냈다.

저녁 전등불이 들어오기 전에 꼭 집으로 돌아가도록 평소에 아버지와 약속이 되어 있긴 하지만, 아무래도 이 통지표를 들고는 집으로 갈 자신이 생겨나지 않았다.

사면이 어두컴컴해졌다. 점심도, 저녁도 먹지 않은 그였지만, 근심 때문에 시장한 줄을 몰랐었으나, 이제는 뱃살이 아

플 만큼 고파지며 아랫턱이 후들후들 떨리기 시작한다.

　금동이는 모래밭에 앉아서 조약돌을 집어 강물 위에 팔매질을 하며 이런 것을 생각하였다.

"물에 빠져서 죽어 버리고 말까. 그러나 물이 몹시 찰 거야."

　사면은 검은 장막을 드리운 듯 어두워졌다. 이윽고 동천

에 달이 솟아 으스름하게 밝아온다. 몸은 꽁꽁 얼어온다. 이대로 있다가는 얼어서도 죽고 굶어서도 죽을 것만 같았다.
  —그럴 바에는 차라리…… 하고 비상한 결심을 한 금동이는, 운동화를 벗고 양말도 뽑고 나서 소리 없이 흐르는 한강물에 한 발을 담갔다.
  "에이, 차가워!"

물이 차서 전신에 소름이 오싹 끼쳤다. 이내 발을 물에서 뽑은 금동이는,

"허허허……"

하고 웃었다. 다시 모래사장에 주저앉은 금동이의 눈앞에는 따뜻한 밥, 부드러운 잠자리, 다사로운 어머니의 품……, 이런 것들이 까마득한 옛날에 맛본 기억처럼 아리숭하게 떠오른다. 바람이 우수수하고 지나가면서 모래밭에 진 나무 그림자가 흔들린다. 검은 강물이 보기에도 겁이 났다. 그래도 집으로 갈 수는 없는 몸이다. 전신이 나른하게 풀리며 눈꺼풀이 무거워진다.

"금동아, 금동아……"

꿈 속처럼 아버지의 음성을 어렴풋이 들었다.

누가 어깨를 흔드는 서슬에 금동이는 눈을 번쩍 떴다.

아버지였다. 아버지의 눈에는 눈물이 고여 있었다. 난생 처음으로 보는 아버지의 눈물이었다.

"으흐, 잘 됐다."

"금동아."

하며 우시는 어머니의 얼굴도 보이었다. 금동이도 왜 그런지 자꾸 눈물이 나서 엉엉 소리를 내어 울었다.

금동이 집에서는 늦도록 돌아오지 않는 금동이를 기다리다가 학교로 전화를 걸어 보았더니, 벌써 집으로 갔다고 하며 담임 선생의 말이, 석차가 서른세찌라고 하였다. 전등불

이 들어왔어도 돌아오지 않는 금동이를 기다리던 식구들은, 금동이가 한강 쪽으로 나가더라는 그의 친구가 하는 말을 듣고 온 집안식구가 달려 나왔던 것이다.

금동이는 식구들과 함께 자동차를 타고 집으로 돌아왔다.

그날 밤에 아버지는,

"금동아, 닫는 말에 채찍질한다는 말을 아느냐? 네가 공부를 잘못한 것이 아니라 잘했지만은 긴장이 풀릴까봐 아버지는 너를 차게 대한 것이다."

하고 금동이를 위로하여 주었다.

그날 밤에 금동이가 잠결에 듣노라니까, 어머니와 아버지가 옥신각신 다툰 끝에,

"어린 걸 자꾸 윽박지르니까 철없는 마음에 무슨 짓인들 못 하겠어요. 앞으로는 금동이 교육은 맡겨 두세요. 제가 책임지고 하겠어요."

하는 어머니 말에 아버지는 한 마디 대꾸도 없이 머리를 수그린 채 담배만 연거푸 붙이시는 것이었다.

─이런 일이 있은 뒤부터는 금동이가 무슨 짓을 하건 아버지는 잠자코 계시었다. 금동이는 아버지가 염려하시던 것처럼 긴장이 일시에 풀려 버렸다. 장난꾼이 되어 버렸지만 온 학교 선생님까지도 웃고 계실 뿐, 아무런 꾸지람도 아니하시었다. 집안 식구들도 금동이 말이라면 쩔쩔 매었고, 금동이가 사달라는 것이라면 무엇 하나 들어 주지 않는 것이

없었다.

　금동이 반에는 새빨간 자전거를 타고 통학하는 학생이 있었다. 그는 그것이 몹시 부러워서 아버지를 졸랐지만은 자전거를 타는 건 위험하다고 하시며, 그것만은 들어 주시지 아니 하였다.

　금동이는 또 한 번 한강으로 나갈까 하다가 그만두었다.

　그 자전거를 갖고 있는 애에게, 좀 타 보자고 몇 번 교섭해 보았지만 고집불통이어서 한 번도 빌려 주지 않는다.

　갈겨 버릴까 하고 생각하였으나 그렇게 하면 선생님께 야단을 맞을 것이 뻔한 노릇이라 모른 체하고 있으려니까 고 자식이 얄미워서 견딜 수가 없다. 몰래 한번 타 볼까 하고 자전거를 만져 보았더니, 쇠가 잠기어 있어서 그것도 뜻대로 되지 않았다.

　"이 자식을 한번 골려 주어야지."

　이렇게 중얼거린 금동이는 장난꾼 부하를 시켜서 바퀴에 달린 나사를 빼서 공기를 뽑아 버리고는 그 자식의 동정을 살폈다. 수업을 마치고 자전거를 끌어낸 그 애는 근심스러운 얼굴로 자전거 가게로 가는 것이었다.

　튜브를 빼서 바람을 넣고 물에 담가서 펑크 났을 곳을 찾느라고 애썼을 것을 생각하면서 금동이는 혼자 웃어 보는 것이었다.

　오 학년 담임인 안 선생은 망원경 없이 오 리쯤 밖에서 보아도 얼른 알아낼 만큼 유표하였다.

　머리카락이 한 오리도 없이 반들반들하여서, 그 대머리에 햇빛이 비치면 반사하여 번쩍하고 빛을 발하기 때문에 백촉 전등이라는 별명을 듣는 분이거니와, 또 얼굴이 콩명석처럼 얽어서 안곰보라는 별명도 아울러 가진 선생님이다. 이 두 개의 별명은 모두 금동이가 지은 것으로, 안곰보라는 별명의 뜻은, 성이 안 씨인 탓도 있겠지만 그 보다도 「나는 곰보가 아니요」, 하는 듯한 표정으로 조금도 수줍은 빛이 없이 다니는 안 선생을 야유하여, 「아니 곰보」가 줄어서 안곰보가 되었다는 것이 금동이의 해설이었다.

　한 번은 학교 뜰에 있는 수도에서 물을 한 모금 먹고 일어나며,

"곰보, 곰보, 안곰보……"

하면서 춤을 덩실덩실 추고는 다시 물 한 모금 마시고 또,

"곰보, 곰보, 안곰보……"

를 자꾸 되풀이하는 금동이 뒤에서 누가,

"금동이, 그런 말해서 쓰겠나요."

하고 안 선생의 음성과 말투를 흉내내는 소리가 들렸다. 금동이는 이내 몸을 돌이키며,

"이 자식, 안곰보가 너희 아저씨냐?"

하고 고함을 버럭 치면서 물을 끼얹어 놓고 쳐다보니, 거기에는 분명 안 선생이 서 있는 것이었다.

"금동이, 교무실로 가자."

하면서 덜미를 잡은 안 선생의 팔 밑에서 몸부림을 쳤지만, 넉가래처럼 커다란 안 선생의 손은 전복같이 달라붙어서 좀체 떨어지지 아니 하였다.

교무실에 붙들려 간 금동이는, 종아리를 칠 셈인지 많은 채찍 중에서 단단한 것을 고르느라고 얼이 빠진 안 선생을 보기가 무서웠다.

 실로 위기일발이다.
 약 오 분 후이면 종아리가 퉁퉁 부어오를 것이고, 자기는 아픔을 이기지 못하여 눈물을 흘리지 않으면 아니 될 운명이 가로 놓여져 있다.
 무슨 면할 도리가 없을까 하고 궁리하던 끝에, 금동이는 별안간에 배를 움켜잡으며,
 "아야, 아야, 응, 음……"

하면서 몸을 비비 꼬았다.

"이 놈, 왜 그러니."

하며 삶은 낙지처럼 벌겋게 흥분한 안 선생의 얼굴이 금동이 바로 눈 앞으로 다가왔다.

"선생님, 배가 갑자기 아파요. 어유……"

안 선생은 의무계에 가서 알약을 몇 개 얻어다 주었다. 약을 받아 먹고 보니, 선생님의 노여움도 어지간히 눅어진듯 하였다.

"좀 어떠냐, 괜찮으니."

"예, 퍽 나았어요."

이 때 안 선생은 생각난 듯이,

"음, 그럼 종아리를 맞자."

하고 아까 골라 쥐었던 채찍을 다시 꺼내어 드는 것이었다.

마냥 놀란 금동이는 또 한 번,

"아야, 아야."

를 연발하며 마루 위에 대굴대굴 굴렀다.

"또 왜 그러느냐."

"선생님, 변, 변소에 좀 다녀와야겠어요."

눈알을 한참 동안이나 굴리던 안 선생은,

"빨리 다녀와."

하고 의자에 걸터앉는다.

교무실을 나온 금동이는 호랑이 굴을 벗어난 듯이 몸이 가뜬하였다.

금동이는 책가방도 그냥 교실에 둔 채, 걸음아 날 살려라 하고 집으로 달아나 버렸다.

―아버지가 학교에 가서 대신 사과를 하고, 아예 처벌하지 않겠다는 다짐을 받은 뒤에야 금동이는 어슬렁어슬렁 학교로 나갔다.

그 뒤부터 금동이의 조행은 늘 을이었다.

육 학년에서는 모두 상급 학교 입학시험 준비를 하느라고, 선생님도 학생들도 눈 뜰 사이가 없도록 열심히 공부하고 가르치시고 하였다. 그러나 금동이만은 태평인 듯이 보였다.

한 번은 장난꾼 몇 명과 함께 영화 구경을 가자고 은태를 부르러 갔었다.

은태는 공부를 하겠다고 안 간다 하였다. 은태의 그런 태도가 몹시 비위에 거슬리었다.

앙갚음을 해 줄 셈으로 은태 집 툇마루에 놓인 광우리에 담긴 마른 도토리를 한 주머니씩 훔쳐 가지고 달아나 나왔다.

대문 밖에서 그것을 꺼내 보니, 말린 밤 같아서 먹음직스러웠다.

"먹자."

금동이의 명령이 떨어지자마자, 장난꾼들은 입에 몰아넣

었다. 그러나 한 입 씹어보고 여럿은 일시에 탁 하고 뱉어 버렸다.

쓰다. 써서 먹을 수가 없었다.

게다가 도둑질한 것이 마음에 꺼림칙하였다.

여럿은 약속이나 한 듯이 모두 시무룩해서 도토리를 꺼내 놓았다.

"자, 기도를 하자. 회개하지 않으면 벌을 받는다."

이 말에 모두들 눈을 아프도록 꼭 감고 둘러섰다. 금동이가 기도를 올렸다.

"하느님 아버지, 도토리를 훔친 것을 용서하여 주옵소서. 죄를 주시려거든 무악재를 주시옵고, 벌을 주시려거든 꿀벌을 주옵소서……."

누군가가 낄낄낄하고 웃는 소리가 들렸다.

"웃지 마아."

하며 눈을 번쩍 뜬 금동이는, 은태 아버지가 눈에 쌍심지를 세워 가지고 노려보고 있는 것을 보았다. 금동이가 달아난 뒤, 눈을 감고 섰던 장난꾼들은 모두 은태 아버지에게 붙잡혀 경을 쳤다

3

이런 금동이가 입학이 된 데에는 까닭이 따로 있었다. 금동이는 두뇌가 명석하였다. 그러나 그보다도, 초등학교 사 학년 때 한강에서 돌아와 자리에 누워 있는 머리맡에서 어머니가 하시던 말,

"……앞으로는 금동이 교육은 제게 맡겨 두세요. 제가 책임지고 하겠어요."

하신 그 어머니는 육이오 사변 때 병이 나서 돌아가셨다. 그 말씀을 문득 생각한 금동이는 밤을 새워서 열심히 공부

하였다. 남이 모르는 사이에 부지런히 공부를 한 것이다. 입학이 된 까닭도 몰랐지만, 중학교에 입학이 되면서부터 금동이가 갑자기 얌전해진 이유를 아는 사람이라곤 금동이밖에는 한 사람도 없었다.

조흔파

소설가. 평양에서 태어나다. 일본 센슈대학 법과 졸업. 국도신문사, 세계일보사, 한국경제신문사 논설위원과 공보실 공보국장, 공무원 사무처 공보국장, 중앙방송국장을 역임. 지은 책에 《대하소설 한국인》《대하소설 만주》《소설 한국사》 《소설 성서》《조흔파문학전집 8권》《얄개이야기 총20권》 등이 있음.

조흔파얄개걸작시리즈 1
얄개전
조흔파 지음
1판 1쇄 발행/2018. 5. 5
펴낸이 고정일
저작권 정명숙
펴낸곳 동서문화사
창업 1956. 12. 12. 등록 16-3799
서울 중구 다산로 12길 6(신당동 4층)
☎ 546-0331~6 Fax. 545-0331
www.dongsuhbook.com

*

이 책의 출판권은 동서문화사가 소유합니다.
의장권 제호권 편집권은 저작권 법에 의해 보호를 받는 출판물이므로 무단전재와 무단복제를 금합니다.
사업자등록번호 211-87-75330
ISBN 978-89-497-1664-0 74800
ISBN 978-89-497-1663-3 (세트)